Sommer ist trotzdem

Espen Dekko wurde 1968 in Oslo geboren. Er studierte an der Puppenspielschule des norwegischen Staatstheaters. Heute ist er einer der bekanntesten Puppenspieler Norwegens. Daneben ist er als Theaterregisseur, Kinderbuchautor und leidenschaftlicher Geschichtenerzähler unterwegs.

Espen Dekko

SOMMER ist trotzdem

Aus dem Norwegischen
von Karoline Hippe

Thienemann

PAPA

Tränen sind Gedanken, die wir nicht in Worte fassen können, hat Papa mal gesagt. Das ist lange her. So lange, dass ich mich nicht mehr an seine Stimme erinnern kann. Nur an das Gesagte. Ich hatte nichts erwidert. Ganz still saß ich auf Mamas Schoß und spürte ihren Atem in meinem Nacken. In meinen Augen schwammen die Tränen. Wenn ich geblinzelt hätte, wären sie übergelaufen. Ich versuchte, an etwas anderes zu denken. Irgendwas Schönes, Lustiges. Doch es gab nichts Schönes oder Lustiges mehr, an das ich denken konnte. Es gab nur noch uns. Papa in einem Bett und Mama und mich auf einem Stuhl.

Papa sah mich an. Ich versuchte, seinem Blick auszuweichen. Ich wollte nicht weinen. Ich wollte nicht, dass er sehen konnte, wofür ich keine Worte fand. Aber das gelang mir nicht.

Die Tränen liefen über meine Wangen. Den Hals hinab bis in den Kragen meines Pullis. Papa lächelte mich mit traurigen Augen an. Papa, der einmal der Stärkste auf der Welt gewesen war. Der gegen Eisbären und Tiger gekämpft hatte, als ich klein war. Der mir beigebracht hatte, ohne Flügel zu fliegen, und wie ich mich unsichtbar mache, indem ich einfach nur die Augen schließe. Nun lag er vor mir in einem Bett im Krankenhaus. Dünn und still. Fast nicht wiederzuerkennen.

Doch er war immer noch mein Papa, innen drin. Und in mir. Mein Papa. Mein Papa für immer.

DER WEG ZURÜCK

Ich halte Omas Hand. Omas trockene, runzelige Hand. Hier sind nur Oma und ich. Und neunundvierzig freie Plätze. Und ein Busfahrer, der Fred heißt. Das steht auf dem Schildchen an seiner Weste. Oma kennt ihn. Draußen ziehen hohe Berge und blaugrüne Fjorde vorbei. Berge und Fjorde, Berge und Fjorde.

»Darf ich gleich drücken?«

Oma lächelt mich an.

»Gleich«, sagt sie.

Sie drückt meine Hand. Das bedeutet, dass alles in Ordnung ist. Alles ist gut. Oma kann so viel mit nur einem Händedrücken sagen. Gleich sind wir da, ob ich nun will oder nicht.

Ich glaube, ich will.

»Jetzt kannst du drücken.«

Es plingt und der Stoppschalter leuchtet rot auf.

Oma nimmt meinen Koffer. Ich schultere den Rucksack. Er ist nicht so voll, denn ich habe Teddy zu Hause gelassen. Unter dem Kissen. Ich brauche ihn nicht mehr. Auf der Reise hierher hat sich das komisch angefühlt, denn Teddy ist immer dabei gewesen. Einmal habe ich ihn vergessen. Aus Versehen. Das war eine Katastrophe. Mama musste ihn mit der Post schicken. Er war eine ganze Woche unterwegs. Als er ankam, lag er zusammengedrückt in einem riesigen Briefumschlag mit knisternden Plastikbläschen in der Innenseite. Es hat ein paar Tage gedauert, bis er wieder er selbst war.

Der Bus hupt uns nach und fährt ab. Auf der Suche nach jemandem, der mitfahren will. Oma winkt. Ich winke auch. Auch wenn ich Fred gar nicht richtig kenne.

Dann stehen wir da. Allein am Wegesrand. Hier gibt es keinen Asphalt, nur Kies und Pfützen, randvoll mit blauem Himmel. Kein Bus, kein Flugzeug, keine Stadt. Nur Gras, das sich im Wind wiegt. Genau wie das Meer. Alles sieht aus wie immer. Als wäre nichts passiert. Aber nichts gibt es nicht. Denn in mir drinnen ist alles anders. Seit Papa gestorben ist. Ich denke die ganze Zeit daran, erzähle aber niemandem davon. Daran kann man eh nichts ändern.

Im Rauschen des Windes höre ich das Knattern eines Motors und jemanden, der singt. Es ist Opa auf dem roten Traktor. Als er um die Kurve biegt, hupt er und winkt. Mit beiden Händen winke ich zurück. Opa trägt seine blauen Latzhosen. Sie sind voller Flecken und Löcher. Opahosen.

Ich kriege eine feste, bärtige Umarmung. Es kitzelt und riecht nach Opa. Ein bisschen streng und ein bisschen gut. Oma bekommt auch eine Umarmung. Und sogar einen Kuss. Mitten auf den Mund. Opa zwinkert mir zu und lächelt. Ich lächle zurück. Wir verstehen uns ohne Worte.

Oma und ich müssen vorne auf der Schaufel vom Traktor Platz nehmen. Es fühlt sich so an, als würde man oben auf einem Regal sitzen und die Füße baumeln lassen. Das hohe Gras, das mitten auf dem Weg wächst, kitzelt mich an den Beinen. Fast wie Opas Bart.

Jetzt müssen wir nur noch den Hügel hinauf und auf der anderen Seite wieder herunter. Dort steht Omas und Opas Haus. Am Ende des Weges, am Meer.

Ich nehme Omas Hand und schließe die Augen. Das Knattern und die Wärme des Traktors lassen mich ruhiger werden, bis Opa wieder anfängt zu singen. Es ist unmöglich, nicht zu lachen.

SO WIE ES IMMER WAR, UND GANZ ANDERS

»Darf ich wieder im selben Zimmer schlafen?«

»Na klar. Es ist doch dein Zimmer.« Opa schmunzelt.

Ich laufe die schmale Treppe hinauf. Opa trägt meinen Koffer. Es riecht komisch. Irgendwie nach Boot.

»Was riecht denn hier so?«

»Ich habe die Scharniere geölt«, sagt Opa.

Die Tür lässt sich lautlos öffnen. Ich schnuppere an den Scharnieren. Sie riechen so, wie das Boot riecht. Nach Motorendröhnen und Angelausflug.

»Ich fand's gut, dass sie geknirscht hat.«

»Ich dachte, du fändest das vielleicht gruselig.«

Im Zimmer riecht es so, wie es immer gerochen hat. Stickig und nach Schmierseife. An den Wänden hängen Zeichnungen. Meine Zeichnungen vom letzten Sommer und vorletzten Sommer und vorvorletzen Sommer. Ich habe sie gemalt, als es draußen regnete. Ich lasse den Rucksack aufs Bett rutschen. Opa stellt den Koffer auf den Boden.

»Willst du deine Sachen in den Schrank einräumen, oder noch warten?«

»Warten.«

Ich stelle mich ans Fenster. Der Himmel ist hellblau, wie die Wände im Zimmer.

»Hängt das Bild noch hier?«

»Ja, wir haben es nicht abgenommen«, sagt Opa.

Ich gehe zur Tür und schließe sie. Dort hängt das Foto von Papa. Es ist ein altes Foto. Bevor es mich gab. Bevor alles passiert ist. Ich erkenne seine Augen wieder. Und seine Ohren, die ein bisschen abstehen. Es sieht so aus, als würde er mich angucken. Er guckt sein kleines Mädchen an. Er trägt eine Uniform und eine Medaille um den Hals.

»Hat er die Medaille wirklich vom König überreicht bekommen?«

»Oh ja. König Olav.«

»Hast du ihn auch kennengelernt?«

»Ja, er hat mir die Hand geschüttelt.«

»Was hat er gesagt?«

Opa schmunzelt. Er macht einen Buckel und spricht mit einer knarzigen Stimme.

»Freut mich, Sie kennenzulernen, Mann des Meeres!«

Ich muss lachen. Opa lacht auch. Er ist lustig als König Olav.

»Was bedeutet Mann des Meeres?«

»Tja. Das bedeutet wohl, dass man am Meer lebt und auf dem Meer sein Brot verdient.«

»Und das tust du?«

»Nicht mehr. Früher.«

»War er ein netter König?«

»Tja. Er wirkte nett.«

»Wann ist er gestorben?«

Opa schweigt für einen Augenblick, aber dann antwortet er.

»Das ist lange her.«

Er setzt sich auf den Stuhl an dem kleinen Schreibtisch und betrachtet die Zeichnungen an der Wand. Das Foto von Papa. Er muss lächeln und sieht zu mir. Wartet darauf, dass ich etwas sage. Dass ich sage, woran ich gerade denke. Etwas über Papa. Aber ich will nicht. Es gibt nichts zu sagen.

»Wollen wir runter an den Strand gehen?«, frage ich.

Opa wirkt überrascht.

»Hast du keinen Hunger? Ich glaube, Oma macht gerade etwas zu essen.«

»Können wir nicht erst das Wasser testen?«

»Es ist kalt.«

»Ich mag kaltes Wasser.«

Wir gehen die Treppe hinunter. Opa schaut in die Küche und unterhält sich kurz mit Oma, während ich vor die Tür gehe. Am Himmel ist nicht eine einzige Wolke zu sehen. Jemand hat den Himmel aufgeräumt. Vielleicht für mich? Ein Willkommensgruß.

Opa hat die großen schwarzen Stiefel an. Früher dachte ich, sie wären an seinen Beinen festgewachsen, weil er sie wirklich immerzu trägt. Ich bin in meine Turnschuhe geschlüpft. Opa schaut auf sie herunter, sagt aber nichts.

»Ich werd' schon nicht durchs Wasser patschen.«

»Gut.«

Ich nehme seine Hand und ziehe ihn zu mir. Opas Hand ist rau und fleckig vom Maschinenöl. Die Flecken sind immer da. Sobald er sie abgewaschen hat, kommen gleich wieder neue. Opa bastelt ständig an irgendetwas herum. Am Traktor, an Fischernetzen oder am Boot. Am Boot ist immer irgendetwas kaputt.

»Deine Haut ist so rau.«

»Das ist Hornhaut. Jeder, der mit den Händen arbeitet, bekommt Hornhaut.«

»Und du hast sie, weil du der Mann des Meeres bist?«

»Ja, das ist wohl der Grund.«

Wir gehen den kleinen Pfad hinunter bis ins Watt. Es ist so komisch, es Watt zu nennen, wenn es dort gar keine Watte gibt. Nicht einmal Daunen. Nur ab und zu ein paar richtige Federn. Jeden Sommer finde ich ein paar, die ich aufhebe. Es sind vor allem Möwenfedern. Wahrscheinlich, weil es hier so viele Möwen gibt. Oder weil gerade die Möwen nicht besonders gut auf ihre Federn achtgeben. Letztes Jahr habe ich eine Adlerfeder gefunden. Ich benutze sie als Lesezeichen, zu Hause, wo Mama und ich wohnen.

Es ist Ebbe, und wir balancieren auf den glitschigen Steinen, bis wir ans Wasser kommen. Ich setze mich in die Hocke und betrachtet mein Gesicht in der klaren See. Meine Haare werden an den Spitzen nass.

Das Wasser ist kalt. Ich tauche meine Hände hinein, reibe sie aneinander und schnuppere an ihnen. Schließe die Augen. Ein frischer Geruch. Salz. Seegras. Muscheln. Schaum. Fisch. All das gemischt mit Wasser und Wind. Ich probiere mit meiner Zungenspitze. Es prickelt.

»Trinken Fische Salzwasser, Opa?«

»Ob sie es trinken? Ja, ich glaube schon.«

»Aber wir können Salzwasser nicht trinken?«

»Nein, das ist zu salzig für uns.«

»Aber wir machen doch Salz ins Essen.«

»Das stimmt. Aber nur ein bisschen.«

Ich stecke meine Zunge noch einmal ins Wasser. Versuche zu schlucken. Es geht nicht. Es ist zu salzig. Ich spucke es wieder aus.

»Kann man Tränen ins Essen machen?«

»Ins Essen?«

»Ja. Tränen sind salzig.«

»Oh … ja, das sollte möglich sein. Aber dann muss man schon eine ganze Menge weinen.«

»Oder sehr traurig sein.«

»Ja, oder sehr traurig sein …«

Es ist so schön, bei Opa zu sein. Es gibt so viel, was er nicht weiß. Und trotzdem weiß er alles.

Ich finde ein winzig kleines Schneckenhaus. Es ist leer. Die Schnecke ist ausgezogen. Oder gestorben. Ich puste das Wasser aus ihm heraus und stecke es in meine Tasche.

»Ist er alt geworden?«

»Wer?«

»Olav. Der König.«

»Ja, er war ein alter Mann.«

»Bist du alt, Opa?«

»Ich? Findest du, ich sehe alt aus?«

»Nein. Du bist nicht alt. Du hast nur zu viel Haut.«

Opa lacht laut. Er hat ein lustiges Lachen. Ich muss auch lachen. Wir hüpfen von Stein zu Stein zurück zum Strand. Ich schaffe es, ohne abzurutschen und nasse Füße zu kriegen. Das konnte ich letzten Sommer noch nicht.

Ich werde langsam groß. Nicht nur so, wie manche es einfach immer so dahersagen, sondern wirklich. Opa hält inne und sieht mir zu.

»Weißt du, wann für mich der Sommer anfängt?«

»Wenn es warm wird?«

»Nein. Wenn du herkommst. Dann ist Sommer. Die schönste Zeit des Jahres.«

Kurz sieht es so aus, als wolle er noch etwas sagen. Etwas, woran er denkt, aber er scheint es sich anders zu überlegen.

»Hast du Hunger?«, fragt er.

»Wer zuerst oben ist, Opa!«, rufe ich und laufe ohne Vorwarnung los.

So schnell ich kann, flitze ich den Pfad hinauf. Hinter mir höre ich Opas schwere Schritte.

Nur meine Schuhspitzen treffen den Boden. Wäre ich nur ein kleines bisschen schneller, könnte ich mit den Möwen fliegen. Würde hinaufsegeln und auf das weiße Häuschen mit dem roten Dach heruntersehen, ganz tief dort unten. Auf einen Opa auf einem Pfad und eine Oma, die in der Küche Essen macht. So hoch segeln, bis das Haus nur noch ein Punkt auf der Erde wäre. Dann könnte ich im Sturzflug hinuntersausen, schneller als der Wind, und landen, bevor jemand gemerkt hätte, dass ich weg war.

Erst an der Türschwelle halte ich an. Opa kommt angetrottet. Er ist ganz außer Atem.

»Du hast gewonnen. Ich werd' wohl doch alt.«

»Na komm schon, alter Mann. Du bekommst sicher einen Kuss von Oma, als Trostpreis.«

BESUCH AUS DEM MEER

Gekochter Dorsch. Das klingt eklig, schmeckt aber großartig. Mit Kartoffeln und zerlassener Butter. Und knackigen Karotten. Der Fisch bei Oma und Opa schmeckt immer besser als der zu Hause. Opa hat ihn geangelt, heute ganz früh.

»Ich mag nur eine Sorte Fisch«, sagt Opa. »Frischen Fisch!«

Das hat er letztes Jahr auch schon gesagt. Und sicherlich auch im Jahr davor, aber daran erinnere ich mich nicht mehr.

Nach dem Essen gibt es Nachtisch. Hausgemachter Schokopudding mit Vanillesoße. Mama versteht nie, wie Oma das immer hinkriegt. Ich schon. Ich habe ihr dabei zugesehen, wie sie ihn zubereitet. Sie macht es einfach. Schwupps.

Schokopudding ist das Beste, was es gibt. Das findet Opa auch. Wir essen die ganze Schüssel leer. Dann tut uns beiden der Bauch weh. Vor allem Opa. Oma lacht uns aus.

»Und genau deshalb gibt es nicht jeden Tag Nachtisch«, sagt sie.

Opa muss sich auf dem Sofa ausruhen. Opa nennt Mittagsschlaf machen ausruhen. Nur nachts schlafen ist schlafen. Ich kann tagsüber nie schlafen. Das ist so langweilig. Nur Fieber kriegt mich vor der Schlafenszeit ins Bett, sagt Mama immer.

Ich helfe Oma beim Abtrocknen. Oma und Opa haben eine Spülmaschine, aber Oma wäscht gerne ab. Am liebsten in kochend heißem Wasser.

»Oma, wo ist Mim?«

»Ach ja, das hätte ich fast vergessen! Komm, ich zeig's dir.«

Oma trocknet sich die Hände an der Schürze ab und geht hinaus in den Flur. Ich folge ihr.

Mim ist Omas und Opas Katze. Sie ist vier Jahre alt und hat nur ein Auge. Keiner weiß, wie das passiert ist. Eines Abends kam sie von draußen zurück ins Haus und war voller Blut. Das eine Auge war herausgerissen. Oma und Opa mussten sie zum Tierarzt bringen. Dort wurde die Wunde gereinigt und genäht. Mim bekam einen Verband und sah aus wie ein Pirat. Oma hat mir ein Foto gezeigt. Der Tierarzt meinte, dass Mim durchkommen wird, und da hatte er recht. Mim ist zäh. Oma glaubt, dass sie von Möwen angegriffen wurde, aber ich bin mir sicher, dass es eine andere Katze war. Mim ist zu schlau, als dass sie eine dumme Möwe auf sich einhacken lässt. Da draußen gibt es noch andere Katzen. Wilde Katzen, die niemandem gehören. Sie tauchen einfach auf. Letzten Sommer habe ich versucht, sie zu fangen. Im Bootshaus habe ich einen großen Käscher gefunden, damit ging ich auf die Jagd. Nur Mim ist mir ins Netz gegangen. Ich glaube, sie hat sich absichtlich fangen lassen. Weil sie mir einen Gefallen tun wollte. Mim ist ganz schön clever.

Wir gehen hinunter in den Keller. Die Luft ist kühl und riecht nach Erde. An den Wänden stehen Regale mit Gläsern voll selbst gemachter Marmelade, Saftflaschen und Weinflaschen. Oma und Opa machen fast alles selbst. Sie haben nicht mal ein Handy. Nur ein Telefon mit Schnur. Es steht auf einem kleinen Tisch im Flur neben einer Bank. Irgendwie ist es komisch, beim Telefonieren zu sitzen. Ich habe zu Weihnachten ein neues Handy bekommen. Bis dahin hatte ich Mamas altes. Hier kann ich mit dem Handy nicht viel anfangen, es gibt kaum Empfang. Ich benutze es eigentlich nur als Wecker und wenn ich etwas spielen will. Aber langweilig ist es trotzdem, weil Oma und Opa kein Internet haben. Aber einen Fernseher haben sie. Einen großen Fernseher, der mitten im Wohnzimmer steht, mit vier Sendern. Opa sagt, mehr brauchen sie nicht. Er guckt sowieso nur die Nachrichten.

Ganz hinten im Keller, beim Kartoffelverschlag, steht ein Pappkarton mit einer Decke. An die kleine Fensterluke unter der Kellerdecke ist eine Planke gelehnt, die auf den Fußboden führt. Mim liegt zusammengerollt in dem Pappkarton und schaut zu uns hinauf.

»Mim bekommt bald Junge«, sagt Oma.

»Echt?«

Ich hocke mich neben den Karton und lasse Mim an meinen Fingern schnuppern. Sie reibt ihre Wange an meiner Hand. Ich streichle ihr über den Rücken. Sie schnurrt so laut wie ein Motor.

»Wer ist der Papa?«

»Das muss einer der wilden Kater sein. Wir haben ihn nicht gesehen.«

»Hallo, Mim. Hast du etwa einen Freund?« Mim schaut mich an und reibt sich erneut an meiner Hand.

»Wann kommen die Kätzchen?«

»Es kann jederzeit losgehen. Vielleicht heute Nacht. Wir werden es sehen.«

»Ihr müsst mich wecken, wenn ich dann schon schlafe. Okay?«

»Ja, aber wir dürfen sie nicht stören. Nur ab und zu nachsehen, ob alles gut läuft.«

»Ich werde ganz still sein.«

Ich habe noch nie gesehen, wie Katzenjunge auf die Welt kommen.

»Werden es viele Kätzchen?«

»Unsere letzte Katze hat vier Junge bekommen. Aber das ist bei jeder Katze anders.«

»Darf ich eins mit nach Hause nehmen?«

Oma lächelt mich an. »Darüber müssen wir dann mal reden. Eine Katze zu haben ist nicht so leicht, wie man denkt.«

»Ich weiß. Sie brauchen Futter, Wasser und Streicheleinheiten. Und die Pille, wenn es ein Katzenmädchen ist.«

Oma lacht. Sie lacht, statt zu antworten. Genauso, wie sie manchmal einfach nur meine Hand drückt. Oma kann reden, ohne ein Wort zu sagen. Das mag ich. Denn ich glaube, ich weiß immer, was sie meint.

Ich merke plötzlich, dass ich aufs Klo muss. Wenn mir kalt wird, muss ich pullern. Das weiß Oma.

»Komm, wir gehen wieder hoch, bevor du anfängst zu frieren«, sagt sie.

Ich verabschiede mich von Mim und laufe die Treppe hinauf aufs Klo. Als ich wieder aus dem Bad komme, ist Oma schon wieder mit dem Abwasch beschäftigt. Aus dem Wohnzimmer dringen Schnarchgeräusche.

»Du kannst Opa wecken, wenn du willst. Wenn er noch länger schläft, kriegen wir ihn nachher gar nicht mehr wach.«

Oma füllt kaltes Wasser aus dem Hahn in eine kleine Kaffeetasse. Sie reicht mir die Tasse und lächelt.

»Darf ich? Wird er dann nicht böse?«

»Nicht, wenn *du* ihn weckst.«

Ich nehme die Tasse und schleiche mich ins Wohnzimmer. Opa liegt mit offenem Mund auf dem Sofa. Ich kenne niemanden, der so laut schnarcht wie er. Mims Schnurren ist nichts im Vergleich. Opa klingt wie ein Traktor. Es fällt mir schwer, nicht zu lachen. Als ich vor Opa stehe, kann ich mich nicht entscheiden, ob ich ihm das Wasser in den Mund oder ins Gesicht spritzen soll. Also beides. Opa schreckt mit weit aufgerissenen Augen auf. Er hustet und gurgelt. Auch wenn das ein bisschen gemein von mir war, muss ich lachen. Oma kommt ins Wohnzimmer. Sie lacht auch. Opa starrt uns beide an. Er versteht die Welt nicht mehr. Dann grinst er und packt mich plötzlich am Arm. Er kitzelt mich. Unter den Armen und am Nacken. Es kitzelt so sehr, dass ich fast nicht weiß, was ich machen soll. Ich lache so doll, bis ich Bauchschmerzen kriege. Bis ich nicht mehr kann. Da liege ich schon auf dem Boden, erschöpft und mit Muskelkater im Bauch. Opa sitzt auf dem Sofa, er ist immer noch nass im Gesicht. Er trocknet sich an seinem Hemd ab. Oma schnäuzt sich und wischt sich die Lachtränen mit einem Taschentuch ab.

»Habe ich geschnarcht?«

»Dreimal darfst du raten«, sage ich.

»Sag schon! Ich schnarche nämlich eigentlich nie.«

»Das kannst du gar nicht wissen«, sagt Oma.

»Nein, das ist wohl wahr. Und jetzt bin ich wach.«

»Wir haben das Schnarchen abgestellt. Und dich geweckt. Zwei Fliegen mit einer Klappe, Opa.«

»Mit einer Katzenwäsche im Gesicht sind es sogar drei«, sagt Opa und grinst.

Ich entdecke die braune Ledertasche im Bücherregal.

»Darf ich durchs Fernglas gucken?«

»Na klar. Guck du mal.«

Ich hole die Ledertasche herunter und öffne vorsichtig die Schnalle. Die Ledertasche ist wie ein kleines Haus, das perfekt um das Fernglas passt. Ich hänge mir den Gurt um den Hals. Opa zwinkert mir zu. Als ich klein war, habe ich das Fernglas einmal auf den Boden fallen lassen. Jetzt hat es eine Beule an der Seite. Zum Glück ist es nicht kaputtgegangen. Ferngläser sind ganz schön teuer.

Ich setze mich in den Schaukelstuhl am Fenster. Ich sehe nichts. Alles ist nebelig. Also drehe ich an dem kleinen Rädchen in der Mitte. Und plötzlich kommt das Meer direkt ins Wohnzimmer. Auch wenn ich weiß, dass es nicht funktioniert, strecke ich die Hand aus, um es zu berühren. Stattdessen treffe ich die Fensterscheibe. Gerade so am Kaktus vorbei. Durch ein Fernglas zu sehen, fühlt sich an, als würde man den Ort wechseln, ohne sich zu bewegen. Schwupps, schon ist man draußen am

Meer. Und schwupps, wieder zurück im Wohnzimmer. Ohne nass zu werden. Ich drehe das Fernglas um und schaue von der anderen Seite hindurch. Alles wird miniklein. Das Meer ist kaum zu erkennen und der Kaktus steht plötzlich auf der anderen Seite des Zimmers. Ich mache meinen Arm ganz lang, als ich mich nach ihm ausstrecke. Kaktusstacheln tun weh. Jetzt steckt ein Stachel mitten in meinem Finger.

»Hast du dich gestochen?«, fragt Oma.

»Nein, schon gut.«

Ich ziehe den Stachel mit den Zähnen aus der Haut.

Ich kann die Felsen unten an der Bucht und draußen im Meer erkennen. Es scheint windig zu sein, denn die Wellen schäumen. Ganz weit draußen fährt ein Schiff vorbei. Bestimmt ein Containerschiff. Es ist zu weit weg, um zu erkennen, wie es heißt. Vielleicht heißt es Olav. Und vielleicht steht da jemand an Bord mit einem Fernglas und späht in Richtung Land. Vielleicht ein Mädchen, so wie ich. Ein Mädchen, das ihren Papa zur Arbeit begleiten durfte. Denn er ist der Kapitän und sein Schiff ist beladen mit Katzenjungen, die er und seine Tochter an alle verteilen, die ein Katzenjunges haben wollen. Und vielleicht hält sie nach Orten Ausschau, an denen jemand eine Katze zum Kuscheln braucht. Und genau jetzt sieht sie ein Mädchen in einem kleinen Holzhaus. Aber sie sagt ihrem Papa nicht Bescheid. Denn sie kann auch sehen, dass das Mädchen in dem kleinen Holzhaus bald ihre eigenen Katzenjungen haben wird. Also winkt sie nur. Sie winkt mir zu. Und ich winke zurück.

In der Bucht vor dem Anleger ist die See viel ruhiger. Manchmal kann ich sogar sehen, wie die Möwen im Sturzflug Fische fangen. Sie stürzen herab und verschwinden im Wasser. Dann tauchen sie plötzlich wieder auf, mit einem Fisch im Schnabel. Manchmal ist der Fisch so schwer, dass die Möwen nicht wieder in die Lüfte steigen können, bevor sie den Fisch verspeist haben. Sie kauen nicht, sie schlucken den Fisch in einem Happs herunter. Allein der Gedanke ist schon eklig. Lebend in den Magen einer Möwe zu verschwinden. Möwen sind anscheinend immer hungrig.

Gerade ist keine Möwe zu sehen, aber da ist etwas anderes. Etwas Großes und Schwarzes. Es gleitet durchs Wasser. Ist das eine Finne, die dort aufgetaucht ist? Vielleicht ein Wal?

»Opa, ich glaube, da ist ein Wal!«

»Ein Wal, sagst du?«

Opa blickt von seiner Zeitung auf.

»Ja, schau doch mal. Das sieht aus wie ein Wal. Oma, ich glaube, da ist ein Wal!«

Ich reiche Opa das Fernglas. Er stellt es scharf und schaut hinaus. Oma steht am Fenster und sieht hinaus.

»Siehst du ihn, Opa?«

»Nein. Wo hast du ihn denn entdeckt?«

»Na, dort, mitten in der Bucht!«

Zum Glück hat Oma gute Augen, denn sie kann ihn sehen. Sogar ohne Fernglas.

»Na, da schau her. Das sieht wirklich aus wie ein Wal. Ein kleiner.«

»Das ist ein Schweinswal«, sagt Opa.

Endlich hat er ihn auch entdeckt.

»Ein Schweinswal? Können wir runter zum Anleger gehen und ihn angucken?«

»Na klar! Komm, mein Mädchen.«

Opa steht vom Sofa auf. Jetzt ist er gar nicht mehr müde. Aber er ist nicht so schnell wie ich. Ich habe meine Turnschuhe schon angezogen, bevor er in den ersten Stiefel gestiegen ist. Ich habe keine Zeit zu warten. Ich reiße die Tür auf und stürme die Treppen hinunter. Als ich schon halb über den Rasen gelaufen bin, höre ich Oma rufen. Ich weiß, warum sie mir hinterherruft, mache sofort kehrt und laufe die Treppe wieder hinauf. Oma steht in der Tür. Sie hält mir eine Schwimmweste hin, in die ich einfach so hineingleite, als wäre es eine Jacke. Den Reißverschluss ziehe ich im Laufen hoch, als ich schon wieder die Treppe hinunterstürme, Richtung Anleger. Am Anleger gibt es eine Regel, die Schwimmwestenregel. Egal, was man vorhat. Jetzt nehme ich nicht den schmalen Pfad. Ich laufe den Weg über die Wiese, den Opa immer mit dem Traktor abmäht. Unten am Anleger angekommen versuche ich, ruhig zu atmen. Ich halte nach dem Schweinswal Ausschau. Erst vor einer oder zwei Minuten haben wir ihn gesehen, ich weiß, dass er noch hier sein muss. Plötzlich taucht er auf. Ganz woanders als eben noch, viel näher am Ufer. Die Finne auf seinem Rücken kann ich ganz deutlich erkennen. Es ist keine Furcht einflößende Finne, wie bei einem Hai, sondern ein kleines Dreieck. Der Wal sieht plötzlich viel größer aus. Nicht riesig groß, aber auf jeden Fall größer als ich. Dann ist er wieder verschwunden.

»Siehst du ihn?«

Da kommt Opa. Er hat das Fernglas mitgebracht.

»Ja, er war hier vorne.«

Ich zeige dorthin, wo der Wal gerade noch war. Jetzt sind nur noch Ringe im Wasser. Der Schweinswal kann sicher lange unter Wasser schwimmen. Doch dann ist er wieder da, noch näher am Anleger.

»Da ist er, Opa! Was macht er denn?«

Opa schaut durch das Fernglas.

»Ich weiß nicht. Ich habe hier drin in der Bucht noch nie einen Wal gesehen.«

»Ist es ein echter Wal? Du hast gesagt, es ist ein Schweinswal.«

»Ja, Schweinswale sind auch Wale. Zahnwale.«

Der Schweinswal wird langsamer, es sieht aus, als würde er auf der Stelle schwimmen. Dann taucht er ab. Geradewegs hinab. Bevor er in der Tiefe verschwindet, schlägt er mit der Schwanzflosse in die Luft. Es scheint, als würde er nach etwas suchen. Vielleicht hat er jemanden aus den Augen verloren, den er gerne mag. Seine Freundin, oder seine Kinder. Plötzlich taucht er wieder auf und bläst. Eine kleine Wolke aus Wasser spritzt aus seiner Stirn.

»Hast du das gesehen, Opa? Er bläst!«

»Ja. Ist er nicht toll?«

Wale sind komisch. Sie atmen mit der Stirn. Jetzt kommt er direkt auf den Anleger zugeschwommen. Vielleicht will er uns Hallo sagen. Das wäre so schön. Einen Wal anfassen. Einen Schweinswal. Ich setze mich an den Rand des Stegs. Er kommt näher. Schnell. Es ist fast schon ein bisschen unheimlich. Vielleicht ist er wütend. Sicherheitshalber ziehe ich die Beine an. Da macht er aber auch schon kehrt und schwimmt wieder weg. Hinaus in die Bucht. Dass man so schnell schwimmen kann! Er ist schneller als Opas Boot. Dann taucht er ab und verschwindet.

»Wo will er denn hin, Opa?«

»Tja. Ich weiß nicht. Hinaus ins Meer vielleicht.«

In der Bucht wird es ganz still. Opa setzt sich neben mich. Er gibt mir das Fernglas. Weit und breit nur Wasser. Kein Schweinswal, keine Möwen. Auch weiter draußen in der Bucht, wo die Wellen höher sind, ist nichts zu sehen. Der Wal muss unglaublich gut die Luft anhalten können. Von hier bis hinaus ins Meer. Ohne zu atmen. Ich kann auch ganz gut die Luft anhalten. In der Badewanne habe ich mal die Zeit mit einer Stoppuhr gemessen. Mein Rekord liegt bei sechsundvierzig Sekunden. Unter Wasser. Doch nun ist schon viel mehr Zeit vergangen. Der Schweinswal kann mehrere Minuten die Luft anhalten. Mindestens.

Wir bleiben am Anleger sitzen. Opa und ich. Keiner von beiden sagt etwas. Der Wal war so toll – wie er hier herumgeschwommen ist. Aber was wollte er hier? So nah an der Küste? Ich gebe Opa das Fernglas zurück.

»Glaubst du, wir sehen ihn wieder?«

»Das weiß ich nicht. Ich habe hier in der Bucht noch nie einen Wal gesehen.«

Ich lehne mich an Opa. Er streicht mir über den Rücken. Der Himmel wird rötlich. Bald wird es Abend. Meine Wangen sind ganz warm. Der erste Tag der Sommerferien. Und es werden noch ganz viele Tage kommen. Ich werde den ganzen Sommer hier verbringen. Nichts, wovor man sich fürchten muss. Alles ist wie immer. Jedenfalls scheint es so.

SCHATZSUCHE IM WATT

Ich wache auf, weil irgendjemand schreit. Erst denke ich, dass es Mims Junge sind. Aber es sind nur die Möwen. Ich greife nach meinem Handy auf dem Nachttischchen. Es ist Viertel nach sieben. Ich kann mich nicht erinnern, in den Sommerferien jemals so früh wach gewesen zu sein. Eigentlich schlafe ich bis zehn, wenn ich freihabe. Ich stehe auf und gehe hinüber zum Fenster. Ziehe das Rollo hoch. Das Sonnenlicht blendet mich. Ich spüre die Wärme im ganzen Körper. Obwohl ich meine Augen ganz fest zusammenpresse, schimmert es rötlich hinter meinen Augenlidern. Die Sonne scheint durch sie hindurch. Durch mich hindurch. Als wäre ich eine Qualle, bei der alles durchsichtig ist. Alles bis auf die Gedanken. Ein lebendiges Röntgenbild. Ich habe eins zu Hause. Das habe ich im Winter bekommen, als Mama dachte, ich hätte mir den Arm gebrochen. Aber er war nur verstaucht. Ich habe das Röntgenbild als Preis mit nach Hause nehmen dürfen. Wie den Keine-Löcher-Preis beim Zahnarzt. Ziemlich komisch, sich selbst ohne Klamotten und Haut zu sehen. Nur Knochen, in Schwarz-Weiß.

Auch heute ist der Himmel blau. Ich öffne das Fenster und klemme den rostigen Fensterhaken an der Öse am Fensterrahmen fest. Die Luft riecht nach Meer. So riecht es sicherlich auch unter Wasser. Wenn man denn unter Wasser überhaupt etwas riechen kann. Das muss ich noch herausfinden. Ohne Wasser in die Nase zu kriegen. Das hasse ich.

Heute habe ich Lust, ins Watt zu gehen und Dinge zu sammeln. Schätze und Heimlichkeiten. Und dann will ich baden. Egal, wie kalt das Wasser ist.

Ich ziehe meine kurzen weißen Hosen und ein Trägershirt an. Hab keine Lust, mir die Haare zu kämmen. Mach ich hinterher. Dann öffne ich vorsichtig die Tür. Es riecht nach Kaffee. So leise wie möglich schleiche ich die Treppe hinunter. Das ist gar nicht so leicht, denn die Stufen knarren. Ziemlich laut. Oma und Opa sitzen am Küchentisch. Sie lösen ein Kreuzworträtsel. Die Kaffeekanne steht auf dem Tisch.

»Hallo«, sage ich und setze mich auf Omas Schoß.

»Ach! Guten Morgen, mein Mädchen«, sagt Oma und streicht mir durch die Haare.

»Ich dachte, du schläfst gerne lange«, sagt Opa.

»Die Möwen haben mich geweckt. Warum müssen die denn so einen Krach machen?«

»Möwen schreien«, sagt Opa. »Sie schreien, wenn sie Hunger haben, und sie schreien, wenn sie satt sind. Du wirst dich schon wieder daran gewöhnen.«

Auf der anderen Seite des Tisches ist schon für mich gedeckt, ein Teller und ein Glas. Mein fester Platz. Als Papa klein war, war das sein Platz. An der Tischkante sind Kerben. Kerben, die Papa gemacht hat. Die nicht mehr weggehen.

Opa stellt einen Korb mit Brotscheiben auf den Tisch und holt eine Schüssel mit frisch pürierten Himbeeren aus dem Kühlschrank.

»Oh, Himbeermarmelade! Hast du die gemacht, Opa?«

»Nein, ich doch nicht. Das war Oma. Ich würde eine ganz schöne Sauerei anrichten.«

Ich lehne mich an Oma. Sie weiß immer, worauf ich Lust habe. »Hat Mim schon Junge gekriegt, Oma?«

»Noch nicht. Sie war vorhin hier und hat Milch getrunken. Dann ist sie rausgegangen. Wir müssen wohl noch ein bisschen abwarten.«

Ich schmiere mir richtig dick Marmelade auf mein Brot. Mama kauft immer Marmelade, die »Die Hausgemachte« heißt. Die schmeckt aber gar nicht hausgemacht. Omas Marmelade ist ganz anders. Die schmeckt nach Beeren. Ich könnte sie das ganze Jahr essen. Zum Frühstück, zum Mittag und zum Abendessen. Und zum Nachtisch.

Ich esse als Einzige. Oma hat schon längst gefrühstückt, und Opa frühstückt nie. Er trinkt Kaffee. Als ich fertig bin, stelle ich den Teller ins Waschbecken.

»Was möchtest du heute machen?«, fragt Oma.

»Ins Watt gehen. Kann ich einen Eimer leihen?«

»Ich komme mit runter zum Bootshaus«, sagt Opa.

Ich laufe die Treppe hinauf ins Bad. Meine Zähne putze ich so blitzeschnell, dass die Zahnbürste gerade mal nass wird. Ich kämme nur den Pony. Auch die Haare brauchen mal Ferien. Sie sind sicherlich schon ganz verklettet. Ich laufe hinaus in den Flur. Heute sind die Gummistiefel dran. Sie sind grün und hoch. Ich wollte eigentlich weiße, die nicht so hoch sind. Diese hat Mama ausgesucht. Eigentlich ist es zu warm für Gummistiefel. Aber es ist unmöglich, ohne sie ins Watt zu gehen und keine nassen Füße zu bekommen. Ich schlüpfe hinein und gehe vor die Tür. Dort steht Mim. Als hätte sie auf mich gewartet. Denn sobald ich mich auf den Treppenabsatz setze, schmiegt sie sich an meinen Rücken. Ihr Schwanz schwingt von rechts nach links. Langsam und verschmust. Ich will sie am Bauch streicheln, aber das gefällt ihr nicht. Ich kraule sie stattdessen vorsichtig am Rücken. Da fängt sie gleich an zu schnurren. Sie macht ihr Auge zu und lehnt sich an mich. Sie schnurrt, den Bauch voller kleiner Kätzchen. Süße Kätzchen, die darauf warten, auf die Welt zu kommen. Hinaus in die Welt, und zu mir.

Opa kommt mit seinen Stiefeln in der Hand vor die Tür. An den Füßen trägt er dicke Wollsocken. Der eine hat ein Loch am Zeh. Er setzt sich auch auf den Treppenabsatz. Dort sitzen wir und streicheln Mim, bis sie keine Lust mehr hat. Sie streckt sich und springt durch das Kellerfenster.

Auf dem Weg zum Anleger schweigen wir. Gehen einfach nur nebeneinanderher. Opa redet morgens nie so viel. Mir geht das manchmal auch so. Wenn es kalt und dunkel draußen ist. Dann ist es besser, wenn Mama nicht so viele Fragen stellt. Zum Glück versteht sie das.

Als Opa das Bootshaus aufschließt, dringt sofort der Geruch von getrocknetem Meer heraus. Und der Geruch von altem Holz und Motoren. Opageruch.

Im Bootshaus gibt es alles. Werkzeug und Angelausrüstungen. Motoren, Segel, Taue, Ruder und Schöpfgefäße. Und natürlich das Boot. Opas Fischerboot. Als ich klein war, war dieses Boot für mich wie ein Schiff. Dann ist es Jahr für Jahr kleiner geworden. Jetzt ist es gerade so groß genug. Am Steg liegt auch ein kleines Ruderboot. Das darf ich benutzen. Aber nicht heute. Heute will ich schließlich ins Watt. Opa gibt mir einen großen blauen Eimer.

Schätze im Watt zu suchen, ist leicht. Sie zu finden, ist schwierig. Erst muss man ganz still stehen und darf den Blick nicht abwenden. Von einem Stein oder einer

Muschel. Nach einer Weile wird alles schärfer und deutlicher. Dann kann man eine ganz neue Seite an den Dingen erkennen. Der Stein hat ein Muster oder ein Gesicht, und die Muschel sieht aus wie eine Karte vom Meeresgrund. Das ist fast, wie ins Fernglas zu schauen. Man muss erst die Schärfe einstellen. Und dann tauchen die Schätze auf. In allen möglichen Formen und Farben. Oft sieht man ganz gewöhnliche Dinge wie Tampen oder Korkstücke. Aber das sind keine Schätze. Schätze sind die Dinge, die nach etwas anderem aussehen, als sie eigentlich sind. Dinge, die alles sein können, wenn man nur genau hinsieht.

Das Tolle am Watt ist, dass es niemals gleich ist. Wellen und Wind ändern im Laufe einer Nacht alles. Nicht die großen Steine, aber manchmal finde ich etwas an einem Ort, an dem es am Tag zuvor noch nicht gelegen hat. Jeden Tag gibt es neue Möglichkeiten.

Ich beginne meine Suche direkt vor dem Bootshaus. Dort liegen die großen Steine, zwischen ihnen hängt der Tang. Tang mit Blasen. Sie platzen und spucken Salzwasser, wenn ich auf ihnen herumdrücke. Wie die Luftpolsterfolie in Teddys Briefumschlag. Sie poppen auf wie Popcorn. Weiter oben ist der Tang trocken und hart wie Holz. Seine Blasen platzen nicht, aber wenn ich sie in die Sonne halte, sehen sie so aus, als würden sie leuchten. Ich lege ein paar in den Eimer.

Zwischen den Steinen ist der Sand gewellt. Als hätten sich die Wellen auf den Boden gelegt, um sich ein bisschen auszuruhen. Das ist sicher schön für alle, die auf dem Grund wohnen. Die sehen die Wellen sonst ja nur von unten.

Ich gehe hinüber zu den kleineren Steinen, wo Muscheln in allen Größen liegen. Besonders viele Miesmuscheln, aber auch die, die man Herzmuscheln nennt. Sie ähneln einem Herz. Fast alle Muscheln sind leer. Und fast alle sind entzweigebrochen. Es passiert sehr selten, dass man eine Muschel findet, die noch heil, aber leer ist. Manchmal hängen Trauben von Muscheln, die noch leben, am angespülten Seetang. Sie sehen nicht lebendig aus, aber wenn ich sie aufbreche, kann man sehen, dass es wirklich Lebewesen sind. Ich bin froh, dass ich keine Muschel bin. Stell dir mal vor, du wärst ein wabbelnder orangefarbener Muschelschleim. Da gewinnt man nicht so leicht Freunde. Opa hat mal gesagt, wenn man Glück hat, kann man Perlen in Miesmuscheln finden. Ich habe schon oft nachgesehen, aber noch nie eine entdeckt.

Ich sammle ein paar Schneckenhäuser. Sie sehen aus wie Zimtschnecken. Manchmal denke ich, sie sind leer, bis ich sie in den Eimer lege. Dann fangen sie plötzlich an, sich zu bewegen. Wollen wieder nach Hause. Nach Hause ins Meer. Manchmal sind die Schnecken winzig klein. So klein, dass man sie kaum sieht. Ich frage mich, ob sie sich gegenseitig erkennen. Vielleicht können sie sich gar nicht auseinanderhalten? Vielleicht kriechen sie mehrmals aneinander vorbei, ohne zu merken, dass sie eigentlich beste Freunde sind. Sie kriechen mit ihrem Häuschen herum. Wie ein lebendiges Wohnmobil. Ohne Räder. Unter Wasser.

Die weißen Muscheln sind am schönsten. Ich glaube, sie heißen Kammmuscheln. Sie sehen aus wie Engelsflügel. Vielleicht sind es Engelsflügel? Vielleicht fallen kleine Engel ins Meer, wenn sie sterben und werden zu Muscheln, die an Land gespült werden.

Ich finde einen Krabbenpanzer. Er ist so klein, dass ich ihn mit einer Hand umschließen kann. Die Beine sind abgetrennt. Die Krabbe kann nicht alt geworden sein. Vielleicht ist sie krank geworden, und dann war niemand da, der helfen konnte. Nicht alle Kranken werden wieder gesund. Obwohl sie im Krankenhaus liegen.

Krabben haben komische Augen. Augen auf Stielen. Stielaugen. Ich frage mich, was das Letzte war, das diese Krabbe gesehen hat. Bevor sie gestorben ist. Ich hoffe, es war jemand, den sie gernhatte.

Das Watt wird immer trockener. Dort liegt eine blaue Glasscherbe. Wie ein Stück Meer von ganz weit draußen. Und dort ein eingetrockneter Seestern. Der war sicher mal rot. Jetzt ist er rosa. Vielleicht können wir ihn zu Weihnachten an den Baum hängen. Das würde ihm sicher gefallen. Dass er ein Weihnachtsstern wird.

Ein leichter Wind weht, aber die Sonne ist warm, deswegen ist das gar nicht schlimm. Der Wind pustet meine Haare in alle Richtungen. Das mag ich. Als wäre ich unter Wasser.

Ich klettere über die Steine bis an den Rand der kleinen Bucht. Auf der anderen Seite wird manchmal Treibholz angeschwemmt. Einmal habe ich dort eine Flaschenpost gefunden. Der Brief in der Flasche war nass, wir haben ihn mit dem Fön getrocknet. Die Buchstaben waren ganz verschwommen. Das Einzige, was man noch lesen konnte, war *Liebe Grüße, S …* Das ganze darauffolgende Jahr habe ich alle, die irgendwas mit S. hießen, gefragt, ob sie eine Flaschenpost verschickt haben. Doch das hatte niemand. Ich weiß immer noch nicht, was da stand. Aber ich glaube, es war ein Liebesbrief, denn da war ein Fleck, der aussah wie ein Herz. Schade, dass der Brief nie bei seinem Empfänger ankam.

Ich suche zwischen den Stöckern, die am Strand verstreut liegen. Es sieht aus, als hätte jemand eine riesengroße Streichholzschachtel ausgekippt. Stöcker und Planken in allen Größen. Sicherlich genug, um ein Haus zu bauen. Oder zumindest eine kleine Hütte. Vielleicht will Opa ja mit mir gemeinsam eine Hütte bauen? Eine kleine Sommerhütte.

Ganz weit hinten am Strand liegt noch etwas anderes. Es sieht aus wie ein graues Kanu. Ich lasse den Eimer stehen und gehe darauf zu, um zu sehen, was das ist. Es ist zu klein für ein Kanu. Es sieht aus, als hätte es Flügel. Dann bewegt es sich plötzlich. Zappelt. Es ist ein Fisch! Ein Riesenfisch. Ich laufe näher heran, um wirklich ganz sicher zu sein. Es ist kein Fisch. Es ist ein Schweinswal! Der Schweinswal von gestern. Er liegt hier an Land. Ich drehe mich auf dem Absatz um und laufe so schnell ich kann zurück. Das muss ich Oma und Opa erzählen. Wir müssen ihm helfen. Wir müssen ihn zurück ins Wasser ziehen. Der arme Schweinswal.

Ich laufe, so schnell ich kann. Springe von Stein zu Stein. Mehrmals verliere ich fast den Halt, aber ich schaffe es gerade noch, weiterzuspringen, bevor ich hinfalle. Ich würde mich am liebsten nach dem Schweinswal umdrehen und nachsehen, ob es ihm gut geht. Aber ich darf jetzt nicht anhalten. Ich habe keine Zeit. Wenn jemand Hilfe braucht, zählt jede Sekunde. Das weiß ich.

Der Weg ist lang. Und beschwerlich. Jedenfalls, wenn man versucht, so schnell es geht mit Gummistiefeln zu laufen.

»Opa!«, rufe ich.

Die Tür zum Bootshaus ist zu. Ich renne die Treppe hinauf und reiße die Tür auf.

»Opa! Der Schweinswal wurde an Land gespült!«

Das Bootshaus ist leer. Opa ist nicht mehr hier. Ich knalle die Tür zu und laufe weiter. Den Wiesenweg hinauf. Mein Speichel schmeckt nach Blut. Aber das spielt keine Rolle. Wir müssen den Schweinswal retten.

»Opa! Oma!«

Ich rufe, so laut ich kann. Es brennt in der Brust. Die Stiefel fühlen sich so an, als wären sie voller Wasser. Mit jedem Schritt zieht es in meinen Beinen. Als ich endlich das Haus sehe, geht die Tür auf und Oma und Opa kommen herausgelaufen. Sie sehen besorgt aus.

»Der Schweinswal!«, rufe ich.

Opa läuft auf mich zu und hebt mich auf die Arme. Er hält mich so, dass ich ihm direkt in die Augen sehen kann. »Was ist passiert?« Seine Augen sind dunkel. Verängstigt. Aus seinem Mund riecht es nach Kaffee. Ich kriege kein Wort mehr raus. Da ist kein Platz mehr für Worte. Mein Atem rast und rast. Immer und immer schneller.

»Ganz ruhig«, sagt Opa. »Was ist passiert?«

Ich versuche, meinen Hals zu entspannen. Doch er ist wie zugeschnürt. Mein Mund ist trocken. Ich muss ausspucken. Der Speichel ist zäh und will gar nicht richtig raus. Opa wischt ihn mit seinem Handrücken von meinem Gesicht.

»Der Schweinswal. Er ist gestrandet. Wir müssen ihm helfen. Er darf nicht sterben, Opa.«

»Wo?«

Ich zeige auf die Bucht. Opa setzt mich wieder ab. Es fällt mir schwer, stehen zu bleiben. Ich habe Lust, mich hinzusetzen, und Opa alles machen zu lassen. Alles, was getan werden muss. Aber er braucht Hilfe, und ich will helfen. Ich laufe sofort wieder los. Hinunter zum Bootshaus. Ich weiß nicht, warum. Aber wir brauchen bestimmt irgendetwas aus dem Bootshaus. Taue und Spaten, vielleicht. Ich höre Opas Schritte hinter mir. Das Laufen fällt mir leichter, wenn wir es gemeinsam machen. Und dann höre ich noch mehr Schritte. Ich schaue über meine Schulter. Oma ist auch da. Wir laufen hintereinander. Um den Schweinswal zu retten.

EIN GESTRANDETER WAL

Am Bootshaus bleiben wir stehen. Es scheint, als würden Oma und Opa nicht zum ersten Mal einen Wal retten. Das Einzige, was man anscheinend dazu braucht, sind zwei Eimer. Ich verstehe nicht ganz, wie die beiden Eimer dem Wal helfen sollen, aber ich frage nicht nach. Stattdessen gehen wir durch das Watt. Niemand sagt etwas. Alle sind mit Atmen beschäftigt. Wir halten uns nah am Strand, bei den Binsen. Dort liegen nicht so viele Steine. Am liebsten würde ich weiterlaufen. Was, wenn der Schweinswal stirbt, während wir hier herumtrödeln? Aber ich verstehe, warum wir so langsam sind. Damit wir ihn nicht erschrecken. Das ist wie im Krankenhaus. Wenn alle ruhig bleiben, dann wird schon alles irgendwie. Wenn es anfängt zu piepen und die Leute plötzlich umherlaufen und reden und dabei kurze, komische Wörter benutzen, dann wird es gefährlich. Ich mag Krankenhäuser nicht.

Bei den langen Stöckern sehen wir ihn, ganz weit draußen. Er ist noch an derselben Stelle. Liegt noch genauso da. Zum Glück zappelt er. Er lebt also noch. Opa gibt Oma die Eimer. Er greift nach einem der Stöcke, die aus dem Stöckerhaufen herausschauen. Doch er steckt fest. Ich laufe zu ihm und helfe ihm, den Stock herauszuziehen. Es erinnert mich an Mikado, bei dem man alle Stäbe kreuz und quer auf den Tisch fallen lässt und eines nach dem anderen auflesen muss, ohne die anderen zu berühren.

Endlich löst sich der Stock aus dem Haufen. Opa und ich landen beide auf dem Po. Auch wenn das lustig ist, lache ich nicht. Nicht jetzt. Opa legt sich den Stock über die Schulter und wir gehen weiter. Ich nehme Oma einen der beiden Eimer ab. Dann haben wir alle etwas zu tragen. Oma streicht mir mit ihrer freien Hand über das Haar. Ich greife nach ihrer Hand. Omas Hand hilft gegen alles. Wir kommen näher, doch dann bleibt Opa ein paar Meter vor dem Schweinswal stehen. Ich versteh nicht ganz, warum. Der Schweinswal liegt auf der Seite. Mit der einen Flosse im Sand und der anderen in der Luft.

»Ist es derselbe?«, flüstere ich.

Opa antwortet nicht. Aber er geht näher heran. Ich folge ihm, nur wenige Schritte dahinter. Oma kommt auch. Ganz vorsichtig. Ich sehe das Auge des Wals. Es ist graublau. Ähnelt einem Menschenauge. Nur größer, und ohne Wimpern. Es schaut mich an. Oder starrt. Als würde der Schweinswal nachdenken. Vielleicht erkennt er mich wieder, von gestern, als wir uns am Anleger getroffen haben. Vielleicht hat er Lust, mir etwas zu sagen, aber er kann nicht. Wir kommen aus zwei verschiedenen Welten. Er kommt aus dem Meer, in dem ich bade. Und ich komme vom Land, von der Oberfläche, an der er atmet. Obwohl wir uns dort begegnen, wo Wasser und Luft aufeinandertreffen, verstehen wir einander nicht. Ich frage mich, woran er wohl gerade denkt. Ob er versteht, dass wir lieb zu ihm sind. Ich setze mich in die Hocke und lege meine Hand dorthin, wo ich glaube, dass seine Wange ist. Seine Haut ist fest und warm. Sind Wale warm? Vielleicht hat er Fieber? Ist er deswegen an Land geschwommen? Plötzlich stößt er ein schnaubendes Geräusch aus. Ich schrecke auf und klammere mich an Opas Hosenbein fest. Er hat gepustet. Mit seinem Blasloch. Aber es kam kein Wasser raus. Nur Luft und Schleim.

»Wasser«, sagt Opa. »Wir müssen ihn mit Wasser begießen. Er darf nicht trocken werden.«

Oma und ich füllen die Eimer mit Wasser. Wenn Wale trocken werden, sterben sie. Dieser hier darf nicht sterben. Wir füllen die Eimer wieder und wieder voll. Immer, wenn wir ihm das Wasser über den Kopf gießen, öffnet er sein Blasloch und das Wasser fließt hinein. Dann pustet er es wieder heraus. Oma und ich werden nass. Wenn er nicht gestrandet wäre, fände ich das ziemlich lustig. Aber ich will nicht lachen. Nicht, dass der Wal das noch sieht. Er zappelt. Um ihn herum spritzen Sand und Wasser. Er scheint Schmerzen zu haben.

»Wir müssen ihm helfen, Opa.«

Opa bleibt still. Irgendetwas stimmt nicht. Warum sagt er bloß nichts? Warum steht er nur da, und schaut den Wal an?

»Er ist krank«, sagt er plötzlich.

Krank? Woher will er das wissen? Er sieht doch gar nicht krank aus. Er ist nicht verwundet. Er blutet nicht. Er sieht nur anders aus, weil er nicht im Wasser ist.

»Nein«, erwidere ich. »Er ist nicht krank. Er hat sich nur verschwommen. Wir müssen ihn zurück ins Wasser kriegen.«

»Er ist krank«, wiederholt Opa.

Ich versteh nicht, warum Opa immerzu sagt, dass der Wal krank ist. Woher will er das denn wissen? Der Schweinswal liegt im Sand. Ist ja klar, dass es ihm hier nicht besonders gut gefällt. Darum müssen wir ihn ja zurück ins Wasser bringen. Und zwar schnell. Ich hole mehr Wasser. Oma auch. Nach zehn Eimern höre ich auf zu zählen. Ich mache einfach weiter.

Endlich unternimmt Opa etwas. Er drückt den Stock unter dem Schweinswal in den Sand. Dann stemmt er sich gegen den Stock und rollt den Wal so auf die andere Seite. Er zappelt und rollt näher ans Wasser. Bald wird er wieder draußen im Meer sein. Ich gieße ihm weiter Wasser über den Kopf, damit er keinen Sand in die Augen bekommt. Er schaut mich immer noch an. Ich weiß nicht, ob er sich über das Wasser freut. Es ist gar nicht so leicht zu erkennen, was Wale fühlen. Ich hoffe, er versteht, dass ich ihm nur Gutes tun will. Wenn er doch nur sprechen könnte. Mir erzählen, warum er dort liegt. Oder was wir tun können, um ihm zu helfen. Vielleicht wurde er im Schlaf von den Wellen an Land gespült. Dann ist er heute Morgen hier aufgewacht und hat es nicht mehr zurück ins Wasser geschafft. Vielleicht war das alles nur ein Unglück. Es ist ja gar nicht sicher, dass er wirklich krank ist. Und wenn er krank ist, dann ist es vielleicht nur eine Erkältung, die bald wieder vorbei ist. Nichts Ernstes. Ich habe mich einmal richtig elend gefühlt, als ich erkältet war, ohne dass es wirklich etwas Ernstes war. Nach ein paar Tagen war alles wieder vorbei. Es muss gar nichts Schlimmes sein.

Opa schiebt den Stock wieder in den Sand und rollt den Wal ein weiteres Mal herum. Jetzt muss er nur noch ein paar Mal rollen, dann ist er wieder zurück im Meer. Oma und ich begießen ihn mit Wasser. Halten seine Haut feucht. Halten ihn am Leben.

Nach dem vierten Rollen ist er endlich wieder im Wasser. Er windet sich und bäumt sich auf, dreht den

Kopf Richtung Meer. Dann zappelt er und verrenkt den Bauch auf dem Grund. Robbt sich hinaus. Nach Hause. Er schlägt mit der Schwanzflosse und pustet. Und dann verschwindet er im Meer.

Wir bleiben stehen und sehen dem Schweinswal nach. Gerade als ich mir sicher bin, dass er nicht noch einmal auftauchen wird, pustet er draußen in der Bucht einen Strahl gen Himmel. Er ist wieder nach oben geschwommen, um Luft zu holen. Ich winke ihm zu und spüre Opas Hand im Nacken. Ich lehne mich an ihn. Der Klumpen in meinem Magen ist verschwunden. Ich bin plötzlich ganz leicht. Wie ein Schmetterling. Es ist Tag zwei der Sommerferien und wir haben einen Wal gerettet. Einen Schweinswal in Not. Der nun weiterleben wird, bis er alt ist, zusammen mit seiner Familie.

»Wir haben ihn gerettet, Opa.«

»Ja, das haben wir.«

»Glaubst du, er wird es schaffen?«

Er tut es schon wieder. Er wird ganz still. Er sagt kein Wort. Statt zu antworten, drückt er mir sanft mit den Fingern in den Nacken. Ich befreie mich aus seinem Griff und sehe ihn an. Opa erwidert meinen Blick.

»Glaubst du, er wird es schaffen, Opa?«

Ich halte seinen Blick fest. Ich suche. Suche nach Zeichen in seinen Augen. Zeichen, die ich schon einmal gesehen habe. Traurige Zeichen. Zeichen, die sich in den

Winkeln seines Gesichts verstecken. Und da sind sie. Und auch der Klumpen in meinem Bauch ist wieder da. Blöder Opa. Kann er nicht einfach sagen, dass es dem Wal gut gehen wird? Dann wäre jetzt alles gut. Aber jetzt ist es zu spät. Jetzt habe ich sein Gesicht gesehen.

»Ich weiß es nicht, mein Mädchen. Aber ich hoffe es.«

Ich glaube ihm nicht. Ich glaube nicht, dass er wirklich meint, was er sagt.

Ich kehre ihm den Rücken zu und gehe los. Zurück zum Strand. Oma streckt die Hand nach mir aus. Aber ich will jetzt keine Hand halten. Das hilft nicht. Gar nichts hilft jetzt.

»Ich weiß es nicht«, wiederholt Opa. »Er schien nicht gesund zu sein. Ich kann nicht sagen, dass er es schaffen wird, wenn ich mir nicht sicher sein kann.«

»Du kannst sagen, dass du daran glaubst.«

Ich spüre, wie sich mein Hals zuschnürt. Auch wenn ich nicht will, dass er sich zuschnürt.

»Ich glaube daran.«

»Das meinst du nicht ehrlich.«

Ich laufe davon. Laufe den Strand entlang. Könnte einfach immer weiter laufen. Bei meinem Eimer bleibe ich stehen. Dort liegen die Schätze und schönen Sachen, die ich vorhin gefunden habe. Das sind keine Schätze mehr. Einfach nur normale Sachen aus dem Watt. Ich trete gegen den Eimer, sodass er gegen die Steine fliegt.

Dann laufe ich weiter. Weg von den blöden Schätzen. Weg von den blöden Schweinswalen. Weg von Opa. Weg.

WIEDER ZUSAMMEN

Mim liegt in ihrem Karton und schaut mich an. Sie schnurrt ganz leise. Ihr Bauch ist auch ganz still. Ob die Katzenkinder da drinnen schlafen? Im Dunkeln. Oder sie liegen einfach nur da und lauschen der Welt hier draußen. Einer Welt, die sie noch gar nicht gesehen haben. Vorsichtig berühre ich Mims Nase mit meiner. Sie schließt ihr Auge. Ich spüre ihren Atem. Ganz leiser Katzenatem. Aus und ein. Ich frage mich, woran sie gerade denkt. Vielleicht denkt sie an ihren Kater. Dass er lieb zu ihr ist und ihr eine frisch gefangene Maus mitbringt, wenn sie sich wiedersehen. Dass er auf sie aufpasst. Oder vielleicht denkt sie daran, wie er immer drängelt, weil er hier einziehen will. Aber gar nicht darf. Weil Mim findet, dass er immer so laut miaut und zu viel Chaos anrichtet. Und in die Hausecken pinkelt. Das macht die Katze unserer Nachbarn zu Hause. Einmal hat sie an unsere Tür gepinkelt. Da hat Papa mit einem Schuh nach ihr geworfen. Getroffen hat er nicht. Ich glaube auch, er wollte gar nicht treffen. Sondern sie nur erschrecken. Danach musste er hinaus in den Schnee humpeln, um den Schuh zu holen. Da hat die Katze sicherlich gefeixt. Mama und ich haben jedenfalls gefeixt. Ich glaube, Papa fand das auch lustig, auch wenn er nicht gelacht hat.

Mim schaut wieder zu mir hoch. Wenn wir doch nur gegenseitig unsere Gedanken lesen könnten. Dann wäre alles so viel einfacher. Sie schleckt mir über die Hand, als ob sie wirklich versteht, was ich denke. Aber das kann sie nicht. Das kann keiner. Keiner versteht mich. Darum sage ich auch nichts. Nicht zu Mim. Zu niemandem.

Oben geht die Tür auf. Ich höre das Trampeln von Oma und Opa. Oma ruft mich. Ich antworte nicht. Ich will noch warten. Dann ruft Opa. Zweimal. Beim dritten Mal antworte ich. Mim schaut mich erschrocken an. Die Kellertür geht auf und Opa kommt die Treppe herunter. Auf halbem Wege bleibt er stehen und sieht zu mir. Dann setzt er sich auf die viertunterste Stufe. Niemand sagt etwas. Mim schaut von Opa zu mir. Sie merkt, dass etwas nicht stimmt. Etwas, das sie nicht versteht. Oder vielleicht merkt sie auch gar nichts. Sie pfeift einfach drauf und lehnt den Kopf wieder zurück. Ich kraule sie unterm Kinn. Opa räuspert sich. Ich warte. Dann räuspert er sich noch einmal.

»Ich hoffe, dem Wal wird es gut gehen … das … das

hoffe ich wirklich. Hast du seine Augen gesehen? Er hat uns angeschaut. Dich hat er angeschaut.«

Ich lasse Mim in ihrem Karton liegen und gehe zu Opa. Er sieht ernst aus. Fast schon ein bisschen traurig. Die Flecken auf seiner Latzhose sieht man jetzt gar nicht.

»Warum war er an Land?«

Opa schüttelt den Kopf.

»Ich weiß nicht. Ich habe schon von Walen gehört, die an Land geschwommen sind und es dann nicht mehr geschafft haben, zurückzuschwimmen. Ich glaube … ich glaube dieser hier wird es schaffen.«

»Das glaube ich auch, Opa.«

Ich setze mich auf seinen Schoß und umarme ihn. Eine lange Umarmung. So lange, bis mir das Atmen wieder leichtfällt. Dann stehe ich auf. Opa lächelt mich an. Seine Augen schauen durch mich hindurch. Als ob er an etwas anderes denkt. Dann klatscht er plötzlich in die Hände. Erschrocken fahre ich zusammen. Er lacht.

»Ich habe gehört, dass du baden willst?«

»Jaa! Kommst du mit, Opa?«

»Na klar. Es geht doch nichts über ein eiskaltes Bad.«

Ich laufe an ihm vorbei die Treppe hoch. Hinauf in den Flur und noch weiter hinauf in mein Zimmer. Endlich sind wieder Sommerferien. Badeferien. Ich reiße mir die Kleider vom Leib und lasse sie einfach fallen. Dann ziehe ich den schwarzen Badeanzug mit den Streifen an der Seite an. Er ist neu. Ich durfte ihn selbst aussuchen. Im Schrank finde ich ein Badehandtuch. Schwupps, schon bin ich bereit. Ich gehe hinunter in die Küche und höre, wie Oma und Opa nach Badesachen suchen. Opas Badesachen. Er ist ein bisschen unordentlich und verbummelt immer alles, außer natürlich die Latzhose.

»Oma, kommst du auch mit?«, rufe ich.

»Ja«, ruft sie zurück. »Wir müssen nur erst Opas Badehose finden. Die kann ja überall sein.«

»Vielleicht ist sie im Traktor?«

Opa steckt seinen Kopf aus der Schlafzimmertür.

»Machst du dich über deinen Opa lustig?«

Er versucht, streng auszusehen. Das funktioniert nicht. Ich kann in seinen Augen sehen, dass er Spaß macht. Ich grinse ihn einfach an. Außerhalb seines Bootshauses ist Opa ziemlich chaotisch. Im Bootshaus weiß er immer, wo alles liegt. Sogar in der Schublade für die Nägel herrscht Ordnung.

Ich finde es schön, wenn alle gemeinsam baden. Das macht mehr Spaß. Dann macht es auch nichts, wenn es im Wasser ein bisschen kälter ist. Letztes Jahr war Opa der größte Hasenfuß von uns allen. Oma und ich sind einfach ins Wasser gegangen. Opa musste mehrmals das Thermometer kontrollieren, um sicherzugehen, dass es auch die richtige Temperatur anzeigte.

Ich gehe wieder hinaus auf den Treppenabsatz. Das ist mein fester Warteplatz. Die Sonne scheint und ein leichter Wind weht. So wie immer. Wenn es nicht gerade bewölkt ist und ein leichter Wind weht. Oder Regen und Wind. Windig ist es fast immer. Opa hat mir den Unterschied zwischen den verschiedenen Windstärken beigebracht. Man kann es am Meer erkennen. An der Art der Wellen und daran, wie schaumig das Wasser ist. Von der Brise bis zum Sturm. Es ist ein bisschen doof, dass ich dieses Wissen nur hier anwenden kann. Zu Hause gibt es kein Meer und kein Wasser. Nur im Wasserhahn, aber da weht kein Wind.

Endlich kommen sie vor die Tür. In gleichen Bademänteln. Weiß mit blauen Wellen am Saum. Opas spannt ein bisschen über dem Bauch. Der ist bestimmt eingelaufen. Das sagt er immer, wenn ihm irgendwas nicht mehr passt. Auf seinem Bademantel sind auch Farbflecken. Bei Opa wird immer alles fleckig. Das ist gut für mich. Denn dann macht es gar nichts, wenn ich auch irgendwo Flecken habe. Opa ist immer fleckiger.

Wir gehen zum Anleger hinunter. Am liebsten bade ich am Strand, denn da kann man einfach ins Wasser laufen. Aber weil der Wal dort gerade noch gelegen hat, möchte ich jetzt lieber vom Steg springen. Schwimmflügel brauche ich nicht. Ich konnte schon in der ersten Klasse schwimmen. Ich war sogar die Einzige in meiner

Klassenstufe, die eine ganze Bahn unter Wasser schwimmen konnte. Einer der Jungs hat es auch probiert, er ist fast nicht wieder hochgekommen. Ein Lehrer musste ins Becken springen und ihn hochholen. Danach durfte niemand mehr, egal ob man schwimmen konnte oder nicht, den Kopf unter Wasser tauchen. Niemals. Außer in der Dusche.

Opa zieht an einem dünnen Tau, das vom Anleger ins Wasser hängt. Am anderen Ende hängt ein Thermometer. Er betrachtet es genau und schlägt es sich gegen den Schenkel.

»Es sind 15 Grad«, stellt er fest.

»Das ist perfekt«, sage ich.

»Für einen Fisch vielleicht.«

»Bist du ein Hasenfuß, Opa?«

»Ein Hasenfuß? Ich?«

Platsch! Opa und ich drehen uns in die Richtung, aus der das Geräusch kam. Wo eben noch Oma gestanden hat, liegt nur noch ein Bademantel. Wir schauen über den Rand des Stegs. Oma schwimmt auf dem Rücken und schaut zu uns herauf.

»Wer als Letztes im Wasser ist, ist ein Hasenfuß!«

Opa sieht mich an. Langsam legt er seine Hand an den Gürtel um seinen Bauch. Er hat keine Chance. Bevor er noch eine Handbewegung machen kann, springe ich mit einem Satz nach vorn vom Anleger. Ich ziehe die Beine an, damit es richtig doll spritzt. Bevor ich im Wasser lande, sehe ich Opa hinter mir in der Luft. Im flatternden Bademantel. Es sieht ganz nach einem Bauchklatscher aus. Ich muss lachen. Unter Wasser. Es blubbert und das Salzwasser ist kalt. Als ich wieder auftauche, muss ich erst einmal nach Luft schnappen. Das ist das erste Mal, dass ich unter Wasser einen Lachkrampf bekommen habe. Aus meiner Nase trieft Schnodder. Es zwiebelt, aber ich kann nicht aufhören. Auch Omas Lachen ist zu hören. Dann taucht Opa neben mir auf. Sein Bademantel treibt wie ein weißer Kranz um ihn herum. Er stößt auf, ächzt und stöhnt, weil es so kalt ist. Er reibt sich die Augen und sieht zu mir.

»War ich vor dir drin?«, fragt er.

Am liebsten würde ich sagen, dass er es geschafft hat. Aber Oma ist schneller.

»Leider nicht. Du bist wohl der Hasenfuß des Tages«, sagt sie.

Opa schlägt mit der Handfläche ins Wasser, dass es nur so spritzt.

»Ich war mir so sicher, dass ich noch vor dir lande«, sagt er und grinst. »Du hast geschummelt.«

»Du bekommst den Preis für den besten Badeanzug«, sage ich lachend.

Da spritzt Opa noch mehr.

Wir baden nicht besonders lange. Dafür ist es zu kalt.

Opa ist schon nach diesem einen Sprung erledigt. Oder Klatscher, besser gesagt. Oma schwimmt eine kleine Runde, und ich springe noch viermal, bevor ich anfange zu frieren. Kopfsprünge kann ich nicht so gut. Ich lande immer auf dem Bauch oder auf dem Rücken. Fast so wie Opa. Aber ich trage dabei keinen Bademantel.

Wir trocknen uns auf dem Anleger ab. In der Sonne ist es warm, aber der Wind macht mir eine Gänsehaut. Zitterpelz, sagt Mama immer. Das klingt lustig, aber das ergibt tatsächlich Sinn. Wir sind ja auch eine Art Pelztier. Wir haben jedenfalls Haare und keine Federn am Körper. Wir ähneln eher einem Affen als einer Gans.

Das Tolle an einem Bad in kaltem Wasser ist, dass man danach ganz munter wird. Es ist wie aufwachen, ohne zu wissen, dass man geschlafen hat. Alles wird so viel deutlicher. Farben und Gerüche und Geschmack. Der ganze Körper fühlt sich stärker an. Ich liebe baden. Wenn ich ein anderes Lebewesen sein sollte, dann wäre ich ein Delfin. Die sind süß. Oder ein Wal. Oder ein Hund, der gerne schwimmen geht. Oder einfach ich selbst, nur besser im Kopfsprung.

Ich setze mich auf das Handtuch und lehne mich an die Wand des Bootshauses. Hier ist es windstill. Oma setzt sich neben mich und Opa legt sich ein Stück weiter weg auf den Steg. Direkt auf die Planken. Es ist so schön, einfach nur mit geschlossenen Augen dazusitzen und sich von der Sonne wieder aufwärmen zu lassen. Es ist schon Nachmittag. In den Ferien vergeht die Zeit doppelt so schnell. Ich bekomme langsam Hunger.

»Was gibt es heute zum Abendbrot?«

»Milchreis«, sagt Oma.

Das ist das Beste, was es gibt! Eigentlich esse ich fast alles. Abgesehen von saurem Hering. Den mag ich nicht. Das schmeckt genauso wie es klingt. Zum Glück kann man das nicht zum Abendbrot essen.

Auf dem Weg zurück darf ich Omas Bademantel leihen. Er schlurft auf dem Boden. Es sieht aus, als würde ich ein weißes Brautkleid tragen. Als ich klein war, fand ich rosafarbene Kleider am besten. Ich durfte nie eins haben. Jetzt finde ich rosafarbene Kleider auch ein bisschen albern. Rosafarbene Turnschuhe sind schön. Ich habe welche zu Hause. Papa hat sie mir gekauft. Sie waren ein bisschen zu groß, als ich sie bekommen habe, aber ich habe einfach gesagt, dass sie passen, weil es keine kleinere Größe gab. Ich trage sie immer noch, zu Geburtstagen und so. Eigentlich sind sie jetzt schon wieder zu klein geworden. Aber ich will noch nicht aufhören, sie zu tragen, auch wenn ich mir Blasen laufe. Sie erinnern mich an Papa.

BEVOR ALLES ANFING

Wir sitzen auf dem Sofa und blättern in einem Fotoalbum. Ich sitze in der Mitte. Wir sehen uns Bilder vom letzten Sommer an. Bilder von dem Dorsch, der mir direkt vor dem Anleger an den Haken gegangen ist. Der größte, der jemals so nah an der Küste gefangen wurde. Er wog zweieinhalb Kilo. Fast die Hälfte seines Körpers bestand aus seinem Kopf. Ich bin froh, dass wir nicht so große Köpfe haben. Und dann sind da noch die Bilder von all den Makrelen, die ich gefangen habe. Bestimmt zwanzig Stück. Und Bilder, auf denen ich bade, bei unterschiedlichstem Wetter. Nur der Badeanzug ist auf jedem Foto derselbe. Bilder, auf denen ich springe, schwimme, tauche, und eins mit Bauchklatscher. Das hat richtig gezwiebelt. Gut, dass man das nicht sieht. Das kälteste Wasser letztes Jahr hatte zehn Grad, glaube ich. Wenn es so kalt ist, sagen wir, es ist frisch. Damit es eben nicht so kalt klingt. Das hilft tatsächlich.

Das alles ist erst ein Jahr her, aber es kommt mir länger vor. Das Mädchen auf den Fotos weiß noch nicht, was alles passieren wird. Das alles ist geschehen, bevor Papa krank geworden ist. Ich wünschte, wir könnten dorthin zurückkehren.

Dann kommen Fotos von Papa und mir im Krankenhaus. Ich versteh nicht, warum die in diesem Album sind. Ich habe sie noch nie zuvor gesehen. Aber ich erinnere mich noch gut, denn ich hatte das gelbe Kleid an. Das passt nicht mehr. Ich glaube, wir haben es zusammen mit Papas Sachen weggegeben. Wir haben alles in Tüten gepackt und in einen Container gesteckt, in dem Kleider für Arme gesammelt werden. Ich wollte nicht, dass jemand seine Sachen trägt, aber Mama meinte, dass Papa das so wollte. Ich hoffe, sie wurden in ein anderes Land geschickt, damit ich nicht plötzlich jemanden treffe, der in Papas Sachen rumläuft.

Ich will keine Fotos mehr sehen. Das ist langweilig. Außerdem werde ich müde. Ich lasse meine Augen zufallen. Oma schließt das Album. Ich lasse meinen Kopf hängen, als wäre ich eingenickt. Oma flüstert Opa etwas zu. Sie glauben wirklich, ich sei eingeschlafen. Das passt ganz gut. Für heute habe ich genug gesehen.

Eigentlich ist es ziemlich leicht, jemanden glauben zu lassen, dass man schläft. Man muss nur schlafatmen. Der Atem muss schwer und langsam sein. Am schwierigsten dabei ist, nicht zu lachen. Das ist fast unmöglich. Deswegen lass ich meinen Kopf einfach baumeln.

Opa steht auf. Mit seinen starken Armen hebt er mich hoch, als wäre ich ein kleines Kind. Es ist toll, getragen zu werden. Toll, dass ich nicht selbst die Treppe raufgehen muss. Toll, einfach nur in Opas Armen zu hängen. Und ins Bett gelegt und zugedeckt zu werden. So komm ich sogar drum herum, Zähne zu putzen.

DER TRAUM

Ich liege in einem Bett im Krankenhaus. Der Raum ist weiß und kalt. Durch das Fenster kann ich auf eine Wiese mit hohem, gelbem Gras sehen. Dort steht Papa und schaut zu mir herauf. Er schirmt die Sonne mit der Hand ab. Ich lächle und winke ihm zu, aber er sieht mich nicht. Ich stehe auf und klopfe an die Scheibe. Ich versuche, das Fenster zu öffnen, aber es klemmt. Ich hämmere mit den Fäusten dagegen und rufe laut. Aber Papa steht einfach nur da. Er steht da und hält nach mir Ausschau, ohne mich zu sehen. Dann dreht er sich um und geht. Ich schreie, dass ich hier bin, dass er warten soll. Aber er wartet nicht. Er geht einfach weiter, bis er in dem gelben, hohen Gras verschwindet.

Da werfe ich mich gegen die Scheibe und springe kopfüber durch das Glas. Ich falle in einer Wolke aus Tausenden Glassplittern hinab.

Dann wache ich auf.

WAS NICHT PASSIEREN SOLLTE

Im Zimmer ist es dunkel. Ich blinzle, damit meine Augen wach werden. Lausche. Halte die Luft an. Es ist ganz still. Stiller als gewöhnlich. Der Raum nimmt langsam Konturen an. Ich erkenne die Umrisse meines Handys auf dem Nachttisch. Ich drücke auf die Starttaste. Es ist halb zehn.

Als ich diesen Traum das erste Mal hatte, wurde ich von Mama geweckt. Ich hatte im Schlaf angefangen zu weinen. Danach durfte ich in ihrem Bett liegen. Ich hatte mich so eng an sie geschmiegt, dass ich ihr Herz schlagen hörte. Mama war wieder eingeschlafen. Obwohl ich wusste, dass sie einfach nur schlief und wieder aufwachen würde, wagte ich es nicht, wieder einzuschlafen. Ich zählte ihre Atemzüge. Als sie aufwachte, war es schon fast wieder hell draußen. Ich war so unglaublich froh. Als sie mich fragte, was ich geträumt hatte, log ich und erzählte irgendetwas von Schlangen. Ich habe ihr bis heute nichts von dem Traum erzählt, auch nicht, dass sie in jener Nacht vor dem Aufwachen mehr als viertausend Mal ein- und ausgeatmet hat. Inzwischen macht mir der Traum keine Angst mehr. Es ist jedes Mal derselbe. Ich weiß schon, was passiert. Aber seinetwegen vermisse ich Papa nur noch mehr. Vermisse ihn so sehr, dass es mir schwerfällt zu atmen.

Die Treppe knarrt. Jemand ist auf dem Weg zu mir nach oben. Ich setze mich im Bett auf. Die Schritte verstummen vor der Zimmertür. Dann wird die Türklinke heruntergedrückt und ein leuchtender Spalt wird immer breiter, bis ich sehe, wer da steht. Es ist Opa. Er sieht mich an.

»Bist du wach?«, flüstert er.

»Ja! Was ist los?«, flüstere ich zurück.

Es ist komisch zu flüstern, wenn beide wach sind, aber er hat angefangen. Komisch ist auch, dass Opa kommt, um mich zu wecken. Sonst macht das immer Oma, wenn ich nicht von selbst aufwache. Es muss etwas passiert sein. Vielleicht hat Mim ihre Jungen bekommen? Nein, dann wäre Oma zu mir heraufgekommen. Es muss etwas anderes sein. Opa geht zum Fenster. Vorsichtig zieht er das Rollo hoch, gerade soviel, dass wir uns besser sehen können. Dann setzt er sich auf die Bettkante.

»Was ist los«, frage ich erneut. Immer noch im Flüsterton.

»Der Wal …«

Er flüstert auch noch. Obwohl es gar keinen Grund mehr gibt, noch zu flüstern. Ich verstehe nicht, was er meint. Der Wal? Ich habe keine Lust mehr zu flüstern, also frage ich laut. Lauter als beabsichtigt. Ich klinge fast schon ein bisschen wütend.

»Was ist mit dem Wal?«

Opa sieht mich an und räuspert sich. Er räuspert sich immer, wenn er nicht weiß, was er sagen soll. Das nervt mich. Kann er nicht einfach sagen, was er sagen will? Ist das so schwierig?

»Er hat es nicht geschafft.«

Nicht geschafft? Zuerst denke ich, ich habe mich verhört. Aber als ich nachfragen will, wird mir klar, dass ich richtig gehört habe. Es bringt nichts, noch einmal nachzufragen. Der Wal hat es nicht geschafft? Opa starrt auf meine Bettdecke. Obwohl es da gar nichts zu sehen gibt. Ich bereue, dass ich eben noch von ihm genervt war.

»Was meinst du damit, er hat es nicht geschafft? Wir haben ihn doch gerettet?« Mein Mund ist trocken. Mit dem Geschmack von Zimt von gestern Abend.

»Der Wal liegt wieder am Strand. Ich war schon unten und habe nach ihm gesehen.«

»Hast du ihn mit Wasser begossen?«

Opa schüttelt den Kopf.

»Du musst Wasser auf ihn raufgießen! Er braucht Wasser! Sonst trocknet er aus!«

Opa lächelt. Kein freudiges Lächeln, das man auch in den Augen sieht. Aber ein Lächeln um den Mund. Ein Lächeln, um lieb auszusehen. Damit ich nicht traurig werde oder Angst kriege. Ich hasse dieses Lächeln. Alle Erwachsenen lächeln so, wenn sie nicht wissen, wie sie etwas sagen sollen. Und jetzt auch noch Opa. Opa?

»Er ist tot, mein Mädchen.«

Heute schreien die Möwen nicht. Darum war es so still, als ich aufgewacht bin. Das war es, was gefehlt hat. Sie waren es, die verschwunden waren. Jetzt rauscht es bloß. Es rauscht in meinem Kopf. Ein Rauschen und ein Wummern. Opa spricht immer noch. Ich höre nicht, was er sagt. Sein Mund ist lustig. Er bewegt sich auf und ab. Ohne Geräusch. Nur ein Wummern. Opa schüttelt mich. Er hat mich an den Schultern gepackt und schüttelt mich kräftig. Dann schlägt er mir auf den Rücken. Das tut weh. Ich versteh nicht, warum er das tut.

Dann wird alles leichter. Ich atme. Atme wieder. Ein und aus. Ich habe vergessen zu atmen. Kann man das wirklich vergessen?

»Geht's dir gut?«

Opa hält mich und sieht mich mit festem Blick an. Ich nicke und atme. Es tut richtig gut zu atmen, nachdem man es für eine Weile vergessen hat.

»Du darfst das nicht machen! Du hast mir einen

Schrecken eingejagt! Bist du sicher, dass es dir gut geht?«

Opa hat Tränen in den Augen. Ich habe ihm wirklich Angst eingejagt. Das war nicht meine Absicht. Ich versuche zu lächeln. Es funktioniert nicht so gut. Aber nicken, das funktioniert. Er streichelt mir über den Kopf. Als wäre ich eine Katze. Oder einfach nur ich selbst. Wir bleiben eine Weile so sitzen. Ohne etwas zu sagen. Wir denken an das Gleiche. Jeder auf seine Weise.

»Bist du ganz sicher? Dass er tot ist?«, frage ich.

»Ja«, sagt Opa. »Tut mir leid.«

»Gestern hat er noch gelebt.«

»Ja.«

Ich wende mich von Opa ab. Werfe die Decke zur Seite und gehe zum Fenster. Mit einem Ruck ziehe ich das Rollo hoch, dass es nur so nach oben schnellt, sich noch einmal um die Stange dreht und die Schnur sich verheddert wie eine Angelschnur. Ohne Fisch. Das Tageslicht schlägt mir entgegen. Zum Glück habe ich noch die Sachen von gestern an. Auf dem Weg zur Tür höre ich Opas Stimme. Sie ist wieder ganz ruhig.

»Wo willst du denn hin?«

Ich bleibe stehen, jedoch ohne mich zu ihm umzudrehen.

»Ich muss zu ihm!«, antworte ich.

Ich verlasse das Zimmer und laufe die Treppe hinunter. Natürlich muss ich zu ihm. Es ist gar nicht sicher, dass er wirklich tot ist. Vielleicht schläft er nur. So wie Mama. Oder vielleicht musste er nur eine Pause machen. Eine Pause vom Atmen. So wie ich gerade. Wale können sehr gut die Luft anhalten.

Im Flur vor der Küche laufe ich direkt in Omas Arme. Sie trägt Stiefel an den Füßen. Oma hat drinnen nie Stiefel an. Ich weiß nicht, was ich sagen soll.

»Guten Morgen, mein Mädchen. Soll ich dich begleiten?«

Oma weiß, was ich vorhabe. Sie wartet meine Antwort gar nicht erst ab. Sie geht vor mir hinaus auf den Treppenabsatz und wartet. Auf mich. Dort, wo ich sonst immer auf sie warte. Oder auf was auch immer.

Ich schlüpfe in meine Gummistiefel und gehe zu Oma. Sie nimmt meine Hand.

Jemand macht hinter uns die Tür zu. Es ist Opa. Er will auch mitkommen.

EIN TOTER WAL

Wir nehmen den Weg quer über die Wiese. Er führt direkt an den Strand. Auf dem letzten Stück ziehe ich an Omas Hand. Ich habe nicht so viel Zeit wie sie. Am Wiesenrand bleiben wir stehen.

Da unten liegt der Wal. Fast genau an derselben Stelle wie gestern. Es sieht so aus, als hätte er die ganze Zeit schon dort gelegen. Aber das hat er nicht. Ich habe selbst gesehen, wie er wieder rausgeschwommen ist. Froh und vergnügt. Jedenfalls dachte ich, dass er froh und vergnügt war. Es ist nicht so leicht zu erkennen, wie es einem Wal geht, wenn man selbst kein Wal ist.

Ich weiß nicht, was ich erwartet habe. Von hier sieht er so klein aus. Er liegt ganz still, als würde er schlafen. Ich lasse Omas Hand los und gehe hinunter an den Strand. Ich hoffe, dass der Wal jeden Augenblick mit der Flosse schlägt oder pustet, so wie gestern. Das tut er nicht. Er liegt einfach nur da. Nicht einmal, als die Wellen gegen die Schwanzflosse schlagen, bewegt er sich. Entweder wurde er von einer großen Welle an Land gespült, oder er ist selbst hier an Land gekrochen. Um was zu tun?

Ich trete näher und nehme einen schwachen Geruch wahr. Der war gestern noch nicht da. Es riecht nach einer Mischung aus Meer und dem Geruch vom dem kleinen Hügel hinterm Schuppen. Dort wo Oma immer die Kartoffelschalen hinwirft. Es ist ein bisschen eklig, aber nicht so sehr, dass mir schlecht wird. Ich gehe einmal um den Wal herum. Sein ganzer Rücken ist von Sand bedeckt. Ich versuche, ihn abzubürsten. Das geht nicht, der Sand ist festgetrocknet. Ich bleibe vor seinem Auge stehen. Es ist nicht so glasklar wie gestern. Es ist von einer trockenen Schicht überzogen. Im Augenwinkel sitzen die Fliegen. Ich verscheuche sie. Freche Fliegen. Jetzt versteh ich, was Opa meinte. Ich kann es auch erkennen. Am Auge. Es ist leer. Keine Gedanken mehr. Der arme Wal. Während ich in meinem Bett lag und schlief, lag er hier im Sterben. Allein. Ich spüre den Klumpen in meinem Magen. Ich schlucke.

Wenn er eine Familie hat, hoffe ich, dass sie wissen, dass er tot ist. Damit sie nicht nach ihm suchen. Ich hoffe, sie waren heute Nacht hier und konnten sich verabschieden. Ich frage mich, ob große Tiere trauriger sind als kleine Tiere. Weil sie doch so groß sind? Wale und Elefanten und so. Bei Menschen ist es genau andersherum. Kinder weinen viel öfter als Erwachsene. Ich nicht.

Ich will nicht. Das bringt eh nichts. Das weiß ich, weil ich es versucht habe. Tränen ändern nichts.

»Alles in Ordnung?«, fragt Oma.

Ich habe nicht gemerkt, dass sie zu mir gekommen ist. Sie legt ihre Hand auf meine Schulter. Ich weiß nicht recht, was ich antworten soll. Es ist ja eigentlich alles in Ordnung. Immerhin bin nicht ich es, die tot am Strand liegt. Warum konnte er nicht überleben? Oder woanders sterben? Irgendwo, wo ich ihn nicht gesehen hätte. Blöder Wal. Mein Hals schnürt sich wieder zu. Ich atme durch die Nase und schlucke. Schlucke herunter. Bis es vorbeigeht.

»Wir müssen ihn beerdigen«, sage ich und sehe zu Opa.

»Natürlich werden wir ihn beerdigen«, antwortet er und kommt auf mich zu.

Mich überrascht, dass er so schnell antwortet, und noch mehr überrascht mich, was er als Nächstes tut. Das hat er nämlich schon lange nicht mehr getan. Er greift mir unter die Arme und hebt mich auf seine Schultern. Ich verstehe sofort, was er vorhat, und setze mich so, dass ich nicht herunterfalle. Es ist lange her, dass ich bei jemandem auf den Schultern gesessen habe. Und von oben wie ein König oder eine Königin auf alles herabblicken konnte. Opa geht ein paar Schritte am Strand entlang. Es kribbelt in meinem Bauch.

»Siehst du eine Stelle, an der wir ihn beerdigen können?«, fragt er.

Ich frage mich, wie man einen Wal beerdigt. Da muss man wohl ein riesiges Loch buddeln.

Ich sehe hinauf zur Wiese, die eigentlich keine Wiese ist, sondern ein Grashügel. Aber ich sage gerne Wiese. Das klingt blumig. Dann macht es gar nichts, dass dort eigentlich keine Blumen wachsen. Manchmal, wenn ich mich langweile, suche ich mir ein schönes Plätzchen, an dem ich mich hinlegen kann. Dann liege ich dort im Gras und schaue in den Himmel, so lange, bis die Zeit stehen bleibt. Das wäre ein schöner Ort für den Wal. Aber wie sollen wir ihn da hoch kriegen?

»Ich weiß nicht genau. Wie wollen wir ihn denn überhaupt beerdigen?«

Opa dreht sich einmal um sich selbst, so dass wir wieder aufs Meer hinausschauen.

»Da draußen«, sagt er. »Im Meer. So macht man das.«

»Ja?«

»Wir müssen ihn hinausschleppen, wo das Wasser tiefer wird. Und dann beerdigen wir ihn dort.«

Schön, dass der Wal im Meer beerdigt werden kann. Dann kehrt er dorthin zurück, wo er herkommt. Das wäre auch zu dumm, wenn er in der Erde liegen müsste, obwohl er sein ganzes Leben unter Wasser verbracht hat. Wir Menschen werden in der Erde begraben, auf der wir gehen. Und Wale werden im Meer beerdigt, in dem die Wale schwimmen. Das ist schön.

»Können wir ihm Blumen mitbringen?«, frage ich.

Ich sehe zu Oma. Sie nickt und lächelt. Sie wirkt froh und traurig zugleich.

Wir gehen den Strand hinauf. Soll heißen, Oma und Opa gehen. Ich sitze immer noch auf Opas Schultern. Es ist etwas ganz anderes, die Welt von hier oben zu sehen. Der Boden wirkt viel weiter weg. So fühlt es sich bestimmt an, wenn man erwachsen ist. Dann wundert es mich gar nicht mehr, dass die Erwachsenen die Dinge da unten gar nicht bemerken. Dinge, die ich aufsammle und manchmal sogar in meine Taschen stecke. Als ich klein war, liebte ich es, auf Papas Schultern zu sitzen. Dort durfte ich sein, solange ich Lust hatte. Papa trug mich herum, bis ich wieder runter wollte.

»Jetzt kann ich nicht mehr«, sagt Opa.

Er beugt sich nach vorn, so dass ich meine Beine auf die Wiese setzen kann. Er setzt sich auf ein Hügelchen neben mich. Er atmet schwer. Vielleicht bin ich ein bisschen schwerer, als er gedacht hat.

»Alles in Ordnung, Opa?«

»Jawohl«, sagt er.

Oma bleibt auf der anderen Seite neben Opa stehen. Sie streichelt ihm den Nacken. Er sieht sie an und lächelt.

»Willst du hier warten?«, fragt sie.

»Alles gut«, sagt Opa. »Ich musste nur kurz verschnaufen.«

Oma kommt zu mir und streicht mir übers Haar.

»Na komm, wir gehen hoch und frühstücken erst einmal«, sagt sie. »Du musst noch mehr anziehen, bevor wir anfangen. Und vielleicht darf hier mal eine Haarbürste ran?«

Ich habe keinen Hunger. Allein beim Gedanken an Essen wird mir schlecht. Sogar beim Gedanken an Omas Marmelade.

»Ich hab keinen Hunger«, sagte ich.

Oma sieht mich an und lächelt.

»Das ist in Ordnung«, sagt sie. »Aber um die Bürste kommst du nicht herum.«

DIE BEERDIGUNG

Oma und ich stehen am Bootsanleger. Beide mit Rettungsweste. Opa ist unten im Boot. Ohne Rettungsweste. Er zieht nie eine an. Ich habe ihn schon ermahnt. Das bringt nichts. Opa sagt, er braucht sie nur draußen auf dem Meer. Nicht hier, wo das Wasser gar nicht tief ist. Ich bin mir nicht sicher, ob das stimmt. Aber im Steuerhäuschen hängt eine schmuddelige Rettungsweste an der Tür. Und da sie so schmuddelig ist, hat er sie sicher benutzt.

Ich verstehe nicht, was Opa da treibt. Er wollte nur etwas am Motor ausbessern. Da war irgendwas mit Wasser im System, glaube ich. Das ist oft der Grund. Der Motor stellt sich manchmal beim Starten ein bisschen an. Das tut er schon immer, seit ich denken kann, obwohl Opa ihn jeden Sommer repariert. Ich habe ihn gefragt, ob er sich ein neues Boot wünscht. Aber davon will er nichts hören. Das Boot ist besser in Schuss als ich, sagt er dann, und ich bin kerngesund. Das ist ein bisschen komisch. Ich glaube, Opa hat sein Boot sehr lieb. Es ist wie ein Freund, der immer da ist und manchmal ein bisschen Hilfe braucht. So wie jetzt, als sein Motor nicht starten will.

Auf dem Anleger steht zwischen mir und Oma ein Korb mit Kaffee und Cola und frisch gebackenen Waffeln. Omas Waffeln. Das sind die besten. Cola darf ich eigentlich nur samstags, aber heute ist ein besonderer Tag.

Ich habe für den Wal einen großen Strauß Wiesenblumen gepflückt. Den werde ich auf sein Grab legen. Wiesenblumen ist ein komisches Wort. Alle Blumen wachsen schließlich auf der Wiese. Wo sollen die denn sonst wachsen? In der Luft?

Der Motor knallt und schwarzer Qualm steigt aus dem Maschinenraum. Opa kriecht hustend aus der Luke. Er hat Tränen in den Augen. Keine Trauertränen, sondern Qualmtränen. Endlich läuft der Motor. Er tuckert behäbig. Es klingt, als säße jemand unten im Boot und schlüge auf eine große Trommel. Nicht wie dieses tiefe Katerjaulen der schnellen Boote, die manchmal in der Bucht vorbeisausen. Dieses Tuckern hat keine Eile. So wie Opa. Bestimmt mag er es deswegen so gern.

Opas Boot heißt Amor. Das steht vorne am Bug, in verschnörkelten Buchstaben. Als ich klein war, dachte ich, das wäre ein ganz normaler Name für ein Boot.

Aber dann hat Opa mir erzählt, dass Amor Liebe bedeutet. Das ist so schön. Ein Boot, das Liebe heißt. Oma hat den Schriftzug gemalt. Opa hat davon nichts gewusst. So sind sie ein Liebespaar geworden. Bevor sie Oma und Opa waren. Das ist über vierzig Jahre her. Das ist eine lange Zeit. Ich bin elf.

Ich darf das Tau losmachen. Das finde ich toll. Das Tau vom Steg lösen und die Letzte sein, die an Bord hüpft. Man darf nicht stolpern. Sonst geht man eine Runde mit Klamotten baden. Und mit Schwimmweste. Zum Glück hilft Oma mir ins Boot.

Ich war schon einmal mit meinen Sachen schwimmen. Im Schwimmbecken in der Schule. Alle mussten das machen. Die Sachen wurden unglaublich schwer, obwohl ich sonst schwimmen kann wie ein Fisch. Aber Fische tragen ja auch keine Kleidung.

Jetzt ist der Motor wirklich zum Leben erwacht. Er tuckert uns mit tiefem Geknattere durch die Bucht. Oma und ich sitzen uns auf den Bänken am Achterdeck gegenüber, und Opa steht im Steuerhäuschen hinterm Steuer. Er trägt eine Schirmmütze mit einem kleinen Anker an der Stirnseite. Jetzt sieht er aus wie ein echter Kapitän. Langsam tuckern wir dorthin, wo der Wal liegt. Opa ist noch einmal dort gewesen und hat dem Wal ein dickes Tau um die Schwanzflosse gebunden. Am Ende des Taus hat er eine Boje befestigt. Ich sehe sie schon, als wir näher kommen. Sie schaukelt auf dem Wasser wie ein riesiger Korken. Opa bremst das Boot ab, sodass es behutsam auf die Boje zutreiben kann. Als wir neben ihr Halt machen, greift Opa nach einer langen Stange mit einem Haken am anderen Ende. Ich glaube, das heißt Flößerhaken. Opa angelt die Boje mit dem Flößerhaken aus dem Wasser und zieht an dem Tau, das er an ihr befestigt hatte, bis es straff ist. Das ist ein bisschen grässlich, denn es sieht aus, als hätten wir einen Wal geangelt. Aber das haben wir gar nicht. Wir wollen nur einen Ort finden, an dem wir ihn beerdigen können. Opa knotet das Tau an einer der Metallösen am hinteren Teil des Bootes fest. Ich sehe, welche Knoten er schlägt. Zweimal rum, einmal drunter und durch die Schlaufe durch. Der geht nicht auf, ehe man an dem kurzen Ende zieht.

Im Steuerhaus schaltet Opa den Motor wieder ein. Langsam ziehen wir den Wal vom Strand ins Wasser. Zurück ins Meer. Er sinkt immer tiefer hinab, je weiter wir hinausfahren. Hinter den großen Steinen ragt nur noch die Rückenflosse aus dem Wasser. Dann verschwindet auch sie. Oma und ich sitzen da und schauen zu. Opa erledigt alles allein. Wir könnten ihm natürlich helfen, aber irgendwie ist es der Sinn der Sache, dass Opa das macht. Und dass niemand ein Wort sagt. Damit der Wal nicht gestört wird. Opa verringert die Geschwindigkeit des Bootes und löst das Tau. Dann befestigt er es an einer Art großer Spule, mit der man Fischernetze hochzieht. Er kippt einen roten Schalter nach oben und das Tau wird auf die Spule gedreht. Ich gehe hinüber auf Omas Seite und lehne mich über die Reling. Halte nach dem Wal Ausschau. Warte darauf, dass er aus der Tiefe auftaucht.

Ich sehe ihn zuerst. Ganz tief unten. Auch wenn ich weiß, dass das nicht möglich ist, hoffe ich doch, dass er von alleine zu uns heraufgeschwommen kommt. Und Luft und Wasser prustet und spritzt. Seine Schwanzflosse taucht zuerst auf. Er sieht gar nicht mehr aus wie ein Wal. Er ist ganz steif. Ich drehe mich zu Opa um. Doch er sieht nicht zu mir. Sein Blick ist auf die Wasseroberfläche gerichtet, die der Wal bald durchbrechen wird. Ich setze mich wieder zurück auf die Bank neben Oma. Opa zieht das Tau mit ein paar Knoten fest. Seine Hände scheinen immer zu wissen, was sie zu tun haben. Als wäre nichts neu für ihn. Ihm fällt alles immer so leicht, wie das Gehen. Darüber denken wir ja auch nicht nach. Wir tun es einfach, Schritt für Schritt.

Ich bleibe sitzen und sehe zum Wal, der neben dem Boot an einem Tau hängt. Der dreht und dreht sich. Fast so, als würde er sich losmachen wollen. Aber es sind nur die Wellen und das Schaukeln des Bootes, die ihn kreiseln lassen. Der Wal ist kein Wal mehr. Er ist nur noch ein sehr großer Körper. Keine Gedanken. Nichts.

Ich lege mich rücklings auf die Bank, den Kopf in Omas Schoß. Über mir sehe ich die Wolken. Die Möwen, die zwischen ihnen herumsegeln. Wenn sie uns von dort oben entdecken, können sie drei Menschen auf einem Boot sehen, die einen großen Fisch dabeihaben. Vielleicht denken sie, dass wir auf einem Angelausflug waren. Vielleicht sind sie neugierig, was wir mit ihm vorhaben. Vielleicht hoffen sie darauf, was zu fressen abzukriegen. Möwen fressen alles. Solange es nach Fressen aussieht. Die meisten Tiere fressen sich draußen in der Natur gegenseitig. Na ja. Sie alle müssen sich jedenfalls vor irgendjemandem in Acht nehmen. Nur wir nicht. Wir müssen uns vor niemandem in Acht nehmen. Außer vielleicht vor uns selbst?

Es ist schön, hier zu liegen und in den Himmel zu schauen. Das Tuckern des Bootes macht mich müde. Oma flicht meine Haare und summt. Sie summt immer, wenn sie etwas mit den Händen macht. Beim Häkeln oder Kartoffelschälen. Ich höre ihr gern zu. Die Lieder kenne ich nicht. Ich glaube, sie denkt sie sich selbst aus. Als sie fertig ist, befestigt sie den geflochtenen Zopf mit einem kleinen Tampen. Ich setze mich auf. Mama flicht mir nie die Haare. Sie kann das nicht so gut. Sie mag Spangen lieber. Ich nicht. Ich mag meine Haare entweder offen oder geflochten. Von Oma geflochten.

Ich gehe zu Opa ins Steuerhäuschen. Dort drinnen

ist gerade so Platz für zwei. Es ist wie ein kleines Haus mit Fenstern auf allen Seiten. Opa sieht nicht zu mir. Er denkt gerade nach. Seine Schwimmweste hängt immer noch an der Tür. Ich erwähne sie nicht.

»Ist es noch weit, Opa?«

Opa erschrickt.

»Oh hallo, du! Wir fahren nur noch ein Stückchen weiter raus.«

Er zeigt auf eine Karte, die im Fenster liegt. Dort, wo er hinzeigt, ist nichts Besonderes zu erkennen. Dort ist es genauso blau wie der Rest der Karte, mit ein paar Pfeilen und Zahlen.

»Ist das ein Friedhof?«

»Tja, gewissermaßen. Dort gibt es Strömungen, ganz tief unten im Meer. Und wenn der Wal sinkt, nehmen die Strömungen ihn mit hinaus ins offene Meer.«

»Und solche Strömungen gibt es hier nicht?«

»Nein. Die Strömungen hier würden ihn wieder an Land spülen. Und dann wären wir nicht weit gekommen.«

Doof, dass wir so weit rausmüssen, um den Wal zu beerdigen. Es wäre viel schöner gewesen, ihn ein bisschen näher bei uns zu haben. Dann könnten wir ab und zu hinausrudern und Blumen auf sein Grab legen. Zu Hause fahre ich manchmal nach der Schule mit dem Fahrrad zu Papas Grab. Wenn Mama nicht zu Hause ist.

Es ist so schön, dort zu sitzen und einfach nichts zu sagen. Nichts sagen, an nichts denken, einfach nur dasitzen. Keiner weiß davon. Mama und ich gehen manchmal sonntags auf den Friedhof. Aber dann ist es nicht ganz so schön. Dann will Mama immer mit mir reden. Fragt mich ganz viel. Wie es mir geht und solche Sachen. Diese Besuche mag ich nicht. Aber ich glaube, Mama braucht das. Es ist gut, mit ihr dorthin zu gehen und die richtigen Sachen zu sagen. Zu sagen, was sie hören will. Was ich eigentlich gar nicht so meine.

Opa dreht an einem Schalter und ein Bild mit vielen komischen Zeichen taucht auf einem Bildschirm auf.

»Hast du einen Fernseher im Boot, Opa? Der war vorher noch nicht da.«

»Das ist kein Fernseher«, sagt er. »Das ist ein Radar. Eine Karte, die uns zeigt, wo wir gerade sind. Das Boot in der Mitte sind wir. Das dort ist das Meer. Wenn ein anderes Boot oder ein Schiff kommt, dann kannst du es hier sehen.«

In der Mitte des Bildschirms entdecke ich ein kleines Boot. Um dieses Boot herum surrt ein leuchtender Zeiger im Kreis. Das kommt mir ganz schön schlau vor. Dass man auf der Karte direkt sehen kann, wo man sich befindet, während man unterwegs ist. Ich weiß noch, wie ich früher mit Mama und Papa in den Bergen wandern war. Wir mussten eine Karte und einen Kompass benutzen. Papa zeigte mir auf der Karte, wo genau wir uns befanden. Aber gesehen hat man das nicht. Ich hab nicht verstanden, warum wir uns selbst auf der Karte nicht gesehen haben. Schließlich waren wir ja da. Mit Opas Radar geht das.

»Jetzt sind wir gleich da. Willst du mal steuern?«

Er dreht eine Kiste um, die in der Ecke steht, und stellt sie vor dem Steuer auf den Boden. Jetzt bin ich fast genauso groß wie Opa. Wohin man auch sieht, ist das Meer. Außer hinter uns. Da ist noch Land in Sicht. Das gefällt mir, dann kommt es mir nicht so vor, als wären wir ganz allein hier draußen. Opa zeigt auf den Kompass.

»Wenn der Pfeil auf W steht, fahren wir nach Westen. Und genau da wollen wir hin. So einfach ist das. Willst du's versuchen?«

Ich nicke und schaue auf den Kompass. Das Steuer ist anders als das von Autos. Es ist zwar auch rund, aber aus Holz und von allen Seiten ragen Holzgriffe heraus. Als ich das Steuer übernehme, spüre ich die Wellen in meinen Händen. Vorsichtig lenke ich ein Stück zur Seite. Das Steuer fängt sogleich an zu beben. Wie ein zappelnder Fisch. Langsam biegt das Boot in die Richtung, in die ich lenke. Ich schaue auf den Kompass. Der Pfeil steht nicht mehr ganz auf W. Ich drehe das Steuerrad ein bisschen in die andere Richtung und der Pfeil steht wieder richtig. Opa setzt mir seine Schirmmütze auf den Kopf.

»Jetzt bist du die Kapitänin«, sagt er und lächelt mich an.

Ich habe keine Zeit, zu ihm aufzuschauen. Mein Blick bleibt auf den Kompass und hinaus aufs Meer gerichtet. Immer abwechselnd.

»Ich setze mich zu Oma, du rufst, wenn etwas ist, ja?«

Ich nicke wieder.

Man muss an ziemlich viel gleichzeitig denken. An den Kompass, die Wellen und vielleicht auch andere Boote. Aber es kommen keine anderen. Aber das weiß man erst, wenn sie auftauchen. Deswegen muss ich stets Ausschau halten. Auf den Radarschirm schaue ich nicht. Was, wenn der gar nicht funktioniert? Es ist viel sicherer, aus den Fenstern zu schauen. Nach und nach fällt mir das Steuern leichter. Man muss sich einfach nur entspannen. Die Schultern senken, wie Opa immer sagt. Das Boot macht schließlich, was ich will. Es gehorcht mir, wenn ich es lenke. Es ist toll, Kapitänin zu sein. Es gibt keine Straßen. Ich kann fahren, wohin ich will. Überall ist es gleich flach. Wie auf einer riesengroßen Ebene. Eine Meerebene, die einmal um die ganze Erde geht. Am Himmel kann ich die Sonne und den Mond sehen. Als wäre es Tag und Nacht gleichzeitig. Als würden sie auf uns aufpassen. Die Erde, die Sonne und der

Mond. Ein Dreigespann. Wie Oma, Opa und ich. Auf einem Boot im Meer.

Zum ersten Mal lenke ich das Boot ganz allein. Früher hat entweder Papa oder Opa bei mir gestanden. Jetzt bin ich schon groß genug. Es ist aufregend und toll zugleich. Ich muss einfach grinsen. Ich bin so froh, Kapitänin zu sein. Bis mir wieder einfällt, was wir eigentlich vorhaben. Wir sind unterwegs zu einer Beerdigung. Die Beerdigung des Wals. Für einen kleinen Moment hatte ich das ganz vergessen.

Opa kommt wieder zurück ins Steuerhäuschen. Er schaut auf den Bildschirm.

»Wir sind da, mein Mädchen.«

»Wirklich? Schon?«

»Oh ja.«

»Sind hier die richtigen Strömungen? Die ins Meer hinaus fließen?«

Opa zeigt auf den Radar und erklärt mir, wie die Strömungen verlaufen und einander passieren. Er spricht über enorme Wasserstrahlen tief unten im Meer. Ich höre ihm nicht zu. Ich denke an den Wal, der nicht mehr ist. Der bald für immer verschwinden wird. Hinab ins Dunkel, wo die Ströme ihn an einen Ort tragen, den wir nicht kennen.

Opa zieht an dem Hebel neben dem Steuerrad und der Motor beruhigt sich. Nur noch das eine oder andere

Tuckern ist zu hören. Als würde er nur kurz Bescheid sagen wollen, dass er noch wach ist. Langsam treiben wir vorwärts. Jetzt kann man das Meer besser hören. Ich steige von der Kiste und gehe hinaus zu Oma.

»Hat das Spaß gemacht?«, fragt sie.

Ich nicke und setze mich neben sie. Plötzlich ist alles anders. Das tolle Gefühl, das ich eben als Kapitänin noch hatte, ist plötzlich verschwunden. Ich betrachte die Taue, die über den Bootsrand ins Wasser hineinführen. Sie halten den Wal.

»Wie machen wir das?«, frage ich. Wieder ganz trocken im Mund.

»Wir lassen Opa die Taue lösen. Und wenn der Wal hinabsinkt, dann kannst du die Blumen aufs Wasser legen. Ist das nicht schön?«

»Kann ich auch etwas sagen?«

Oma lächelt.

»Natürlich kannst du etwas sagen. Weißt du schon, was?«

»Ich glaube schon.«

Opa kommt aus dem Steuerhäuschen. Er schaut zu uns, wie wir dort auf der Bank sitzen.

»Sind alle bereit?«, fragt er.

Oma und ich stehen auf. Ich flitze hinüber zu dem Korb, in dem der Blumenkranz liegt. Dann kommen wir zusammen. Es ist schön, so beieinanderzustehen.

Als würden wir uns vor dem Wal ganz feierlich aufstellen. Opa geht vor zu den Tauen.

»Wozu werden Wale?«, frage ich.

Opa hält inne.

»Was meinst du?«, fragt er.

»Bei Menschen sagen wir: *Zu Erde sollst du werden.* Was sagen wir dem Wal? Werden Wale zu Wasser?«

Opa sieht mich an. Er öffnet den Mund, um zu antworten, aber dann schließt er ihn sofort wieder. Er schaut hinüber zu Oma. Sie räuspert sich. So wie Opa sich sonst immer räuspert.

»Ich glaube«, beginnt sie, »ich glaube, sie werden von anderen Tieren im Meer gefressen … anderen Fische.«

Dann sagt sie nichts mehr. Stattdessen zückt sie ein Taschentuch und putzt sich die Nase.

»Also werden Menschen zu Erde und Wale werden gefressen?«

Oma nickt.

»Ich glaube schon«, sagt sie.

Manchmal werden die Dinge komplizierter, wenn Erwachsene versuchen, sie zu erklären. Zum Glück ist es bei Oma und Opa nicht so. Sie sagen nicht einfach nur Sachen, die sich nett anhören. Sie sagen die Wahrheit. Ich schaue zu Opa. Er zwinkert mir zu und löst eins der Taue. Während er es aufrollt, mache ich einen Schritt nach vorn. Als würde ich eine Rede halten wollen, obwohl ich das jetzt doch nicht vorhabe. Es ist ein Gutenachtlied, das Papa mir immer vorgesungen hat, wenn ich nicht schlafen konnte. Ich glaube, Papa hat es sich ausgedacht. Denn es war jedes Mal ein bisschen anders. Das ist irgendwie unser Lied. Bei seiner Beerdigung habe ich es nicht gesungen. Ich wollte nicht. Oder … ich hab mich nicht getraut. Nein … ich hab es nicht gekonnt. Aber jetzt werde ich es singen. Ich glaube, das würde dem Wal gefallen. Papa vielleicht auch.

Der Abend ist gekommen,
der Tag sagt Lebewohl,
Die Nacht bricht herein
Schließ deine Augen, mein Kind
Wir seh'n uns wieder, geschwind
Gut' Nacht

Oma und Opa sagen kein Wort. Sie lächeln und sehen mich an. Ich glaube, das fanden sie schön. Oma putzt sich die Nase, während Opa an dem anderen Tau herumfummelt, an dem die Schwanzflosse des Wals befestigt ist. Dann löst er den Knoten und räuspert sich, obwohl er gar nichts sagen will. Vorsichtig lässt er den Wal ins Wasser gleiten. Ich trete an die Reling und sehe, wie er langsam in der Tiefe verschwindet.

Dann ist er fort.

Was noch übrig ist, sind die nassen Taue an Deck und ein Blumenkranz, der allein ins offene Meer hinaustreibt.

Ich schlucke. Drei Mal.

WENN ALLES VORBEI IST ...

Mit Vollgas fährt uns das Boot zurück nach Hause. Vollgas ist bei einem kleinen Fischerboot gar nicht so schnell. Aber schnell genug, dass der Wind mein Haar nach hinten pustet, und mir das Salzwasser auf die Haut spritzt, wenn das Boot gegen die Wellen schlägt. Wir haben Waffeln gegessen und Cola und Kaffee getrunken. Jetzt sitze ich ganz vorne im Bug mit dem letzten Waffelherz in der Hand. Ich habe bestimmt zehn Stück gegessen. Mehr als Opa. Hätte nicht gedacht, dass ich so hungrig sein würde. War ich letztes Mal auch nicht. Bei Papas Beerdigung. Da habe ich gar nichts gegessen. Nicht mal Marzipankuchen. Obwohl ich Marzipankuchen ziemlich gern mag.

Ich schließe die Augen und spüre das Tuckern des Motors im Körper. Es fühlt sich an, als würde ich auf einem riesengroßen Herz sitzen. Ich versuche, an nichts zu denken. Einfach nur stillsitzen und atmen. Einfach nur ich sein. Ich bekomme es beinahe hin. Doch irgendwelche Gedanken schießen mir immer durch den

Kopf. Schleichen sich an. Gedanken, die ich nicht denken will. Gedanken an früher. Gedanken ans Warum. Gedanken an Papa.

Ich schiebe mir das ganze Waffelherz auf einmal in den Mund. Kaue. Der Waffelgeschmack füllt meinen ganzen Kopf aus. Das hilft.

Der Motor tuckert langsamer. Ich versuche herauszuhören, wo wir sind. Ohne die Augen zu öffnen.

»Willst du das Tau festmachen?«

Es ist Opa, er ruft mir zu.

Ich öffne die Augen und sehe den Anleger und das Bootshaus vor mir. Wir sind schon in der Bucht angekommen. Viel schneller, als ich gedacht hätte. Ich stehe auf und lächle Opa zu.

»Okay, Käpt'n.«

Opa salutiert mit der Hand an der Schiffermütze und erwidert mein Lächeln. Ich nehme das blaue Tau, das ganz vorn am Bug festgemacht ist. Dann stelle ich mich mit einer Hand an der Reling in Position. Warte. Warte auf Opas Kommando. Oma steht achtern mit einem Fotoapparat in der Hand. Im Augenwinkel sehe ich, dass sie ein Foto von mir machen will. Aber ich kann jetzt nicht gucken. Ich muss mich bereit machen. Bereit für den Sprung. Langsam gleitet das Boot auf den Anleger zu. Genau in dem Moment, in dem es sanft an einen der Autoreifen stößt, die an der Außenseite des Anlegers angebracht worden sind, höre ich Opas Kommando. Ich setze meinen Fuß auf die Reling und springe mit aller Kraft. Hinauf auf den Anleger. Dann laufe ich auf die rot getünchte Klampe zu, an der man die Boote vertäut. Ich schlage das Tau mit der Schlaufe drei Mal um die Klampe herum und recke dann beide Arme in die Luft.

»Fertig!«, rufe ich.

»Acht Sekunden«, ruft Opa zurück.

»Das ist mein neuer Rekord, Opa! Letzten Sommer waren es elf.«

Opa stoppt den Motor und kommt aus dem Steuerhäuschen. Auf dem Weg gibt er Oma einen Kuss. Am Achterdeck nimmt er ein zweites Tau und befestigt es an einem großen Metallring am Anleger. Jetzt ist das Boot gesichert. Er hilft Oma mit dem Korb aus dem Boot. Dann stehen wir da und sehen uns an. Wie gerade erst vor ein paar Stunden. Genauso und ganz anders.

»Gruppenumarmung?«, schlägt Opa vor.

Ich muss lachen. Oma lacht auch. Ich nehme Anlauf. Er versteht, was ich vorhabe, und schafft es noch gerade so, sich bereit zu machen, als ich auf ihn zuspringe. Er fängt mich auf und hebt mich hoch in die Luft.

»Du schaffst es also immer noch, mich hochzuheben, alter Mann«, sage ich lachend.

»Ha! Wenn ich wollte, könnte ich dich und Oma gleichzeitig hochheben.«

»Na, komm schon. Ich wär so weit«, sagt Oma.

Opa schiebt mich auf seinen rechten Arm und packt Oma mit dem linken um die Taille, dann tanzt er mit uns über den Anleger und summt ein Lied, das nur er kennt. Oma ist das peinlich. Sie lacht und bittet ihn, aufzuhören. Aber Opa singt weiter und schwingt uns herum. Das kitzelt im Magen. Opa ist so lustig, wenn er so etwas macht. Schließlich drückt er uns an sich. Ganz lange. Umarmungen sind toll. Die wärmen von innen.

»Glaubst du, Mim hat jetzt Katzenjunge, Oma?«

»Vielleicht. Lass uns nachsehen.«

Ich streife die Rettungsweste ab und werfe sie mir über die Schulter. Dann laufe ich los zum Haus. Ob Mim wohl endlich ihre Kätzchen bekommen hat? Ich werde Mama sicher überreden können, eines mit nach Hause zu nehmen. Popcorn will ich es nennen. Denn das passt sowohl für ein Mädchen als auch für einen Jungen. Aber ich will lieber ein Mädchen. Wie Mim. Die machen nicht so viel Unsinn.

Oben an der Treppe drehe ich mich um und gucke, wo Oma und Opa bleiben. Ich sehe sie nicht. Sie sind noch nicht einmal am Hügel angekommen. Ich habe keine Zeit, auf sie zu warten. Ich schleudere die Schuhe von meinen Füßen, lasse die Weste auf die Türschwelle fallen und laufe hinein. Hinein zu Mim.

… IST ES LÄNGST NOCH NICHT VORBEI

Unten im Keller ist es still. Ich bleibe stehen und lausche. Versuche, leises Miauen zu hören. Nichts. Nur mein Atem und das Rütteln des Windes an der Kellerluke. Ich schleiche mich in den hintersten Raum. Ich darf sie nicht stören, falls sie jetzt gerade die Jungen zur Welt bringt.

»Mim?«, flüstere ich.

Mim ist nicht in ihrem Pappkarton. Ich sehe mich um, aber sie ist nirgends zu sehen.

»Na komm, Süße …«

Ich verharre. Auf der Decke in dem Pappkarton liegt etwas. Langsam nähere ich mich, um nachzusehen, was es ist. Es sind Katzenjunge! Mim hat ihre Jungen zur Welt gebracht, während wir weg waren! Aber warum ist Mim nicht hier? Warum passt sie nicht auf ihre Jungen auf?

Ich lehne mich nach vorn. Die Kätzchen liegen bewegungslos da. Das dünne Fell ist ganz schleimig. Vorsichtig nehme ich den Zipfel der Decke und stupse sie an.

Sie bewegen sich nicht, sie liegen einfach nur da. Leblos. Die armen Kätzchen …

Ich muss mich übergeben. Kann es nicht zurückhalten. Es spritzt über den Kellerfußboden. Waffeln und lauwarme Cola. Bei dem Geruch von Erbrochenem muss ich mich ein weiteres Mal übergeben. Oma und Opa – ich muss ihnen von Mim erzählen. Gerade als ich mich umdrehe und aus dem Raum laufen will, höre ich ein Geräusch hinter mir. Ich schrecke auf und schaue mich um. Es ist Mim. Sie springt von der Planke, die zum Fenster hinaufführt und prescht fauchend auf mich zu. Als ich versuche, wegzulaufen, stolpere ich und falle nach hinten. Der Kellerboden ist hart und kalt. Mein Ellenbogen schmerzt.

»Oma! Opa! Kommt her!«

Ich krieche so schnell wie möglich im Rückwärtsgang bis an die Wand. Jemand öffnet die Kellertür. Läuft die Treppen hinab. Ist auf dem Weg hierher. Mim schnappt mit dem Maul nach den Katzenjungen, während sie mich anstarrt. Ihr Nackenfell ist gesträubt. Dann trägt sie die Kätzchen über die Planke aus dem Fenster.

Oma kommt in den Kellerraum, die Augen weit geöffnet. Sie schaut sich um, bis sie mich entdeckt.

»Was ist denn? Was ist passiert?«

Ich zeige auf Mims Karton. Ich kriege fast keine Luft mehr.

»Die Katzenjungen sind tot … Mim hat sie rausgetragen …«

Oma geht auf den Karton zu und hebt die Decke an. Sucht nach den Katzenjungen. Schaut nach oben zum Kellerfenster. Dann dreht sie sich zu mir um, kommt zu mir herüber und setzt sich zu mir auf den Boden. Ich rutsche ganz dicht an sie heran. Oma streicht mir über die Wange. Atmet warmen Atem in meinen Nacken und legt beide Arme um mich. Sie drückt mich fest an sich.

»Atme ganz ruhig«, sagt sie. »Atme ruhig, mein Mädchen.«

Ich gebe mein Bestes. Aber mein Atem funktioniert nicht. Der macht gerade alles auf einmal. Ich kneife die Augen zusammen und schmecke das Erbrochene in meinem Mund. Oma hält mich ganz fest. Es tut gut, so festgehalten zu werden. Zusammengehalten. Damit ich nicht zerberste.

»Ruhig atmen«, wiederholt sie.

Ich atme tief ein … und aus. Ein … Ich habe Lust, zu spucken, aber ich will nicht, dass Oma mich loslässt. Also schlucke ich runter. Schlucke alles runter, was raus will.

Langsam wird es leichter. Mein Kopf liegt immer noch dicht an Omas Brust. Ich kann ihr Herz schlagen hören. Es schlägt ruhig. Nicht wie meins. Ich spüre sein Pochen bis in die Ohren. Ich blinzele hinauf zu Oma.

»Was glaubst du, was passiert ist?«

Meine Stimme zittert. Als würde ich frieren. Ohne zu frieren.

Oma erwidert meinen Blick.

»Mein Mädchen. Ich … ich glaube, sie waren schon tot, als sie auf die Welt kamen.«

»Schon tot? Aber warum hat Mim sie rausgetragen?«

Es fällt mir wieder schwerer zu atmen. Ich lasse meinen Mund offen. Oma antwortet nicht. Sie schaut mich nur an. Schaut in mein Gesicht.

»Warum hat sie das gemacht?«, frage ich.

Oma schüttelt den Kopf.

»Nun antworte schon, Oma! Warum glaubst du, hat sie das gemacht?«

»Ich weiß es nicht. Manchmal machen Katzen so etwas.«

»Was ist nun, wenn es noch mehr Junge gab? Und wenn nicht alle tot waren.«

»Ich weiß nicht. Mim ist eine Katze. Und Katzen tun die Dinge auf ihre Weise.«

Ich weiß nicht, was ich denken soll. Ich beiße die Zähne zusammen, bis es im Kiefer zu ziehen beginnt. Es hilft nicht. Ich drücke mein Gesicht wieder an Omas Brust. Sie ist warm und ruhig. Ich wünschte, ich wäre es. Aber ich krieg es nicht hin.

»Komm, lass uns raufgehen«, sagt Oma.

Sie versucht, aufzustehen. Doch ich habe beide Arme

um sie geschlungen. Ich werde nicht loslassen. Ich will nicht raufgehen. Ich will genau hier sitzen bleiben, für immer. Oma lässt sich wieder zurückfallen und bleibt bei mir. Streichelt mir über den Rücken. Langsam lockere ich meinen Griff. Ich kann kaum sprechen.

»Ich hatte gehofft, ich könnte eins der Jungen mitnehmen. Mit nach Hause …«

Oma sagt nichts, sondern drückt mich an sich.

»Dumme Mim«, sagte ich. »Ich hasse sie.«

»Mein Mädchen. Es gibt Dinge, an denen können wir nichts ändern.«

Ich kneife die Augen zusammen. Versuche, ruhig zu atmen. Gebe mein Bestes. Dann höre ich, wie Opa die Treppe herunterkommt. Ich kann dem Laut seiner Schritte durch den Keller folgen. Bis er direkt vor uns steht. Ich öffne die Augen. Er sieht mich mit ernstem Blick an, und setzt sich dann zu uns auf den Boden. Dann schaut er hinüber zu Mims Karton.

»Was ist denn passiert?«, fragt er vorsichtig.

Es ist noch gar nicht so lange her, da hat Opa mit mir und Oma getanzt. Da waren wir fröhlich. Jetzt tanzt niemand. Niemand ist fröhlich. Alles kaputt. Alles. Schon wieder.

Wir sitzen auf dem kalten Kellerboden, alle drei. Niemand sagt etwas. Niemand tut etwas. Wir sitzen nur da und atmen. Dieselbe Luft.

Es ist, als hätten wir schon einmal hier gesessen. Ich kann nicht mehr.

Ich lasse Oma los und stehe auf. Aber statt zu gehen, bleibe ich einfach so stehen. Ich weiß nicht recht, was ich machen soll. Ich weiß nicht recht, was ich will. Doch, ich weiß, was ich will. Ich will nicht länger hierbleiben.

Niemand sagt etwas. Es ist, als würden wir einander nicht kennen. Ich kehre ihnen den Rücken zu und verlasse den Kellerraum. Erst dann höre ich Opas Stimme. Endlich!

»Wollen wir nicht darüber reden?«, fragt er.

Ich will nicht reden. Ich will nicht hören, dass ich nichts tun kann. Ich will nicht getröstet werden. Ich will einfach nur, dass niemand stirbt.

Ich drehe mich um und gehe zurück in den Kellerraum. Es sieht aus, als würden Oma und Opa sich darüber freuen, dass ich wieder zurückkomme. Dann schreie ich. Aus vollem Hals:

»WARUM MÜSSEN ALLE IMMER STERBEN?«

Oma und Opa wirken erschrocken. Sie schauen erst einander an, dann mich. Oma scheint etwas sagen zu wollen. Aber dann lässt sie es bleiben. Sie findet keine Antwort. Schüttelt nur den Kopf. Opa holt tief Luft, bringt aber keinen Laut hervor. Es ist sowieso zu spät. Denn ich höre gar nicht mehr zu. Stattdessen mache ich kehrt und laufe davon. Ich weiß, das ist blöd von mir. Aber das spielt keine Rolle. Es ist mir egal. Nichts spielt mehr irgendeine Rolle. Ich will nicht mehr.

ALLEIN

Ich halte nicht an, als ich nach oben komme. Ich halte nicht an, um mir meine Schuhe anzuziehen. Ich will nur laufen. Die Treppe hinunter und über den Pfad. Nicht an den Strand, sondern weiter. An den Sund. Ich laufe, so schnell ich kann. Laufe und springe. Lasse meinen Körper einfach dorthin laufen, wohin er will. Über glatte Felsen. Über Felsspalten und kleine Ausläufer am Strand. Ohne Schuhe, in weißen Socken. Über Berge. Über den Fjord. Über das Meer. Über die Wolken. Bis auf die andere Seite. Wo mich niemand finden kann.

Ich bekomme Seitenstiche, aber ich laufe weiter. Immer weiter weg. Jetzt merke ich, was mein Ziel ist. Ich bin schon einmal da gewesen. Ganz weit draußen, wo die Bucht sich zum Meer öffnet. Das ist mein Ort. Mein geheimer Ort. Die letzte Station vor dem offenen Meer. Ich muss mich dazu zwingen, weiterzulaufen. Mein Körper ist erschöpft und will anhalten. Aber ich bestimme hier.

Als ich endlich ankomme, sinke ich in mich zusammen und bleibe auf dem Rücken liegen. Mein Herz pocht in der Brust. Ich muss nach Luft schnappen. Es sticht in den Seiten. Ich krümme mich zusammen. Das hilft. Ich habe mir den Ellenbogen aufgekratzt. Er ziept und blutet leicht. Das ist mir egal.

Ich setze mich auf und wische mir den Schweiß mit dem T-Shirt aus dem Gesicht. Mein Mund ist trocken, ich habe Durst. Aber hier gibt es nichts zu trinken. Salzwasser, so weit das Auge reicht. Wäre ich ein Fisch, könnte ich aus dem Meer trinken.

Ich stehe auf. Spüre, wie schwindelig mir ist. Ich glaube nicht, dass ich jemals so schnell, so weit gelaufen bin. Ich gehe zu dem dem kleinen Vorsprung am Felsen. Er sieht beinahe aus wie ein Stuhl. Ein Felsstuhl. Vorsichtig klettere ich hoch und setze mich hin. Presse mich an die Felswand. Der Fels ist nicht kalt. Die Sonne hat ihn aufgewärmt. Warm genug, damit ich nicht friere. Dann sitze ich hier. Mein Haar weht in alle Richtungen. Die Aussicht über das dunkelblaue Meer. Es glitzert in der Sonne. Als würden Tausende von Flaschenpostflaschen im Wasser dümpeln. Mit Briefen für mich. Briefe mit schönen Worten. Aber so ist es nicht. Es ist nur das Meer, all das. Ein Meer voller Fische. Und mit einem toten Wal. Irgendwo ganz tief unten.

Am Himmel kreisen die Möwen. Sie schreien und kreischen. Ich versuche, sie zu zählen. Ich komme bis zwölf, dann muss ich wieder von vorne anfangen. Sie fliegen die ganze Zeit durcheinander. Wenn ich doch nur die Zeit anhalten könnte. Dann könnte ich alle zählen. Dann würden sie einfach nur da oben am Himmel hängen. Wie Äpfel in einem Baum. Oder wenn ich die Zeit zurückdrehen könnte. Das ist mein größter Wunsch. Dann wüsste ich schon ganz genau, was ich ändern würde: Das ganze letzte Jahr.

Ich schließe die Augen. Lasse nur den Klang der See, die gegen die Steine rauscht, in meinen Kopf. Das klappt für einen kurzen Moment. Dann tauchen die Gedanken wieder auf. Ich denke an alles, was passiert ist, seit ich angekommen bin. Ich bin erst ein paar Tage hier, und es fühlt sich bereits an, wie ein ganzer Sommer. Dann denke ich an Papa. Er hat mir diesen Ort gezeigt. Er war schon hier, als er noch klein war. Genau hier, wo ich jetzt sitze. Vielleicht erinnert der Felsen sich an Papa. Und an mich. Ich frage mich, warum ich hier alleine bin.

DER ANFANG VOM ENDE

Ich erinnere mich an den Tag, an dem alles zerbrach. Der Tag, an dem Papa mir erzählte, was ich nicht hören wollte. Was ich schon wusste. Denn die ganze Zeit über haben die anderen es schon gesagt, ohne es auszusprechen. Ich habe ihren Bewegungen angesehen. Zwischen den Worten gehört. In den Pausen. Wenn die Stille einen Moment zu lang anhielt. Habe es an den Blicken abgelesen, die sich nur zu kurz getroffen haben. Ich habe es ihnen angesehen. Den Ärzten. Den Krankenpflegern. Mama. Aber ich wollte nicht, dass es wahr ist. Und Papa hat nichts gesagt. Bis zu jenem Tag.

Ein ganz normaler Dienstag nach der Schule. Dienstag war mein Lieblingstag, wir hatten Sport und Klassenleiterstunde. Danach habe ich den Bus zum Krankenhaus genommen. Habe neben seinem Bett in einem blauen Sessel gesessen und gelesen.

»Ich muss mit dir reden«, hat Papa gesagt.

Alles um mich herum wurde schwarz. Wie ohnmächtig werden, ohne ohnmächtig zu werden. Ich saß einfach nur da und hörte das Blut durch meinen Kopf rauschen. Bis es wieder hell wurde. Doch dann lief alles plötzlich in Zeitlupe ab. Als wäre ich selbst gar nicht dort gewesen, sondern hätte von außerhalb zugesehen. Die Zeitschrift, die ich in den Händen hielt, konnte ich gar nicht mehr fühlen. Ich sah Papa an, während meine Hand einfach weiterblätterte. Blätterte durch glänzende Seiten mit Fotos von Menschen in langen Kleidern und feinen Anzügen. Lächelnde Menschen, die nur kurz anhielten, um zu winken und fotografiert zu werden, für mehr hatten sie keine Zeit. Dann verschwanden sie wieder, in den Tiefen der Zeitschrift.

»Ich werde sterben, mein Mädchen.«

Das war das erste Mal, dass ich aufhörte zu atmen. Das erste Mal, dass mein Hals sich zuschnürte. Die Zeitschrift fiel auf den Boden. Geräuschlos. Das Einzige, was ich hören konnte, waren Papas Worte. Wieder und wieder. Wie ein Echo. Das Einzige, was ich sehen konnte, waren seine Augen. Die braunen Augen, die mir zulächelten. Die auf diese traurige Weise lächelten. So hatte Papa in letzter Zeit immer gelächelt. Nicht mehr so wie früher.

Ich warf mich um seinen Hals. Bekam kaum Luft. Ich konnte nicht weinen, machte keinen Laut. Das Einzige, was kam, war durchsichtige Schnodder aus meiner Nase.

Er durfte das nicht sagen. Es war okay, dass Papa im Krankenhaus wohnte. Das machte nichts. Ich könnte bei ihm einziehen. Warum konnte nicht alles einfach so sein, wie es immer war? Warum musste er so etwas sagen?

Damit hat er alles kaputt gemacht.

Das kann doch nicht sein, dass jemand plötzlich einfach sagen darf, dass er sterben wird. Darum gibt es doch Krankenhäuser. Um die Kranken gesund zu machen. Darum gibt es doch Ärzte. Sie sollen kranke Menschen heilen. Papa konnte doch gar nicht sterben. Er war im Krankenhaus.

»Du darfst nicht. Du darfst nicht. Du darfst …«

Papa versuchte, meinen Griff zu lockern.

»Du darfst das nicht sagen. Sag das nicht!«

»Sieh mich an«, sagte er.

Ich wollte ihn nicht ansehen. Wenn ich ihn sähe, dann müsste ich hören, und ich wollte nicht hören. Er streichelte mir übers Haar. Papastreicheln, wie nur Papa es konnte. Vorsichtig lockerte ich meine Arme um seinen Hals und schaute ihm in die Augen. Er sah müde aus. Plötzlich alt geworden.

»Ich will nicht, dass du stirbst.«

Er lächelte. Sein Zeigefinger glitt über meine Augenbrauen, die Nase hinunter. Von dort machte er einen kleinen Hüpfer, hinunter zum Kinn.

»Mein Mädchen. Das will ich doch auch nicht.«

»Warum sagst du es dann?«

»Ich kann nichts dagegen tun.«

»Der Arzt kann. Er kann dir helfen. Er kann dich gesund machen.«

»Nein, er kann nichts mehr tun.«

Ich sah aus dem Fenster. Nichts als graue Wolken. Nicht ein Vogel. Nichts. Nur eine tote Fliege auf dem Fensterbrett.

»Weiß Mama es schon?«

»Ja, sie weiß es.«

Ich kroch zu Papa ins Bett. War mir total egal, dass ich Schuhe anhatte. War Papa auch total egal. Ich wollte einfach nur ganz nah bei ihm liegen. Ich spürte, wie sein Herz klopfte. Ganz schnell. So wie meins. Und sein Geruch. So roch nur Papa.

Dann sagte er die andere Sache.

»Du wurdest aus zwei Teilen erschaffen, eine Hälfte Mama und eine Hälfte ich. Dann bist du gewachsen und wurdest du selbst. Aber ein Teil von mir wird immer in dir sein. Verstehst du? Auch wenn ich sterbe.«

»Aber dann kannst du nicht mit mir sprechen. Dann bist du nicht mehr da.«

»Nein. Aber du kannst mit mir sprechen. Und dann darfst du bestimmen, was ich antworte.«

»Ich will nicht. Ich will nicht, dass du stirbst.«

»Ich auch nicht. Aber ich darf mir das nicht aussuchen.«

»Wer hat das beschlossen?«

»Manchmal kommen die Dinge einfach, wie sie kommen.«

»Das ist ungerecht.«

Papa hielt meine Hand. Ich spürte, wie sein Atem langsamer wurde. Er war müde. Dann schliefen wir ein. Alle beide. Ich mit dem Kopf auf seiner Brust. Zum Schlagen seines Herzens. Mama weckte mich. Wir ließen Papa weiterschlafen. Er musste sich ausruhen. Ausruhen, um noch ein wenig auszuhalten. So lange wie möglich. Zusammen mit mir. Und mit Mama.

Das war das letzte Mal, dass ich ordentlich mit Papa gesprochen habe. Während er noch lebte. Ich habe danach noch oft mit ihm gesprochen. In mir drin. Und er hat geantwortet. Oder ich habe geantwortet. Für ihn.

EINE ABMACHUNG

Ich höre ein Geräusch, das nicht das Rauschen des Meeres ist. Wie eine kleine Flagge, die im Wind flattert. Oder wie kurze, schnelle Schläge auf etwas Weiches. Vorsichtig öffne ich die Augen. Eine Möwe ist auf dem Felsen direkt vor mir gelandet. Sie bauscht ihre Flügel auf und sieht mich an. Als würden wir uns kennen. Dann hüpft sie ein paar Schritte näher zu mir und wippt mit dem Kopf. Als würde sie mir etwas sagen wollen. Sie ist groß. Sicher erwachsen. Vielleicht ist sie ein Papa. Oder eine Mama. Ich kann den Unterschied nicht sehen. Vorsichtig strecke ich meine Hand nach ihr aus. Da schreit sie. Es klingt wie ein heulendes Baby. Das ist ein bisschen unheimlich.

Vorsichtig klettere ich von meinem Felsstuhl herunter. Die Möwe fliegt nicht davon. Sie hat überhaupt keine Angst. Steht einfach nur da und sieht mich an. Ich gehe einen Schritt auf sie zu. Und noch einen. Jetzt ist sie direkt vor mir. So nah, dass ich sie anfassen könnte. Langsam setze ich mich in die Hocke. Sie ist schön.

Ganz rein. Wir sehen uns in die Augen. Eine Möwe und ich. Dann fliegt sie los. Ohne Weiteres. Sie fliegt nicht hinauf zu den anderen. Sie fliegt an der Küste entlang und dann geradewegs hinaus aufs Meer. Ich schaue ihr nach, bis sie nur noch ein Punkt ist.

Ich ziehe meine Socken aus. Sie sind ganz löchrig am Hacken. Ganz vorsichtig balanciere ich barfuß hinunter an den Strand. Der Felsen am Wasser ist glatt. Eigentlich darf ich gar nicht ohne Rettungsweste hier draußen sein. Aber ich will gar nicht spielen, ich will einfach nur da sitzen und die Füße ins Wasser halten. Ich habe nicht vor, auszurutschen und zu fallen. Ich setze mich auf einen der großen Steine. Er ist gerade hoch genug, dass das Wasser meine Füße berührt, wenn die Wellen an Land rollen. Es ist kalt. Kälter als gestern, als wir baden waren. Das Wasser ist ganz klar. Wie Glas. Salziges Glas. Seetang tanzt mit den Wellen auf und ab. Das ist alles, was Seetang so macht. Wachsen und tanzen. Ich frage mich, wie es ist, Seetang zu sein. Ob Seetang auch traurig sein kann.

Plötzlich landet eine Rettungsweste auf meinem Stein. Ich fahre zusammen und schaue hinauf zum Felsen. Dort steht Opa. Er lacht. In der einen Hand hält er meine Turnschuhe.

»Du hast die Weste vergessen.«

Er zwinkert mir zu. Er sieht nicht wütend aus. Nicht

traurig. Nur Opa, wie Opa sein soll. Ich streife mir die Weste über und klettere nach oben. Er reicht mir die Hand. Es tut so gut, seine Hand zu halten. Zu spüren, das Opa mich festhält. Auf mich aufpasst. Ich bekomme eine lange Umarmung. So lange ich will.

»Hast du etwas Spannendes hier draußen gesehen?«

»Ich habe eine Möwe kennengelernt.«

»Ach ja? Wie hieß sie denn?«

Opa neckt mich. Es ist kein gemeines, sondern ein gut gelauntes Necken.

»Hat sie nicht verraten. Sie hat nur gesagt, dass sie nach einem alten Greis sucht. Ich glaube, sie meinte dich.«

Opa lacht und versucht, mich zu fangen, aber ich entwische ihm. Er ist viel zu langsam. Und ich bin barfuß auf den Felsen unterwegs.

Er hält inne.

»Du blutest?«

Er zeigt auf meinen Ellenbogen. Er blutet immer noch. Opa holt ein Taschentuch aus der hinteren Tasche seiner Latzhose. Er fragt nicht, was passiert ist. Er bindet einfach nur das Taschentuch um meinen Ellenbogen. Währenddessen betrachte ich sein Gesicht. Um die Augen haben sich Lachfalten gebildet. Tiefe, fröhliche Falten. Wenn ich eines Tages Falten kriege, möchte ich genau solche. Falten wie Opa. Als er fertig ist, pustet er noch drei Mal auf meinen Ellenbogen. Das macht er immer, wenn ich mich verletzt habe. Früher war sofort alles gut, nachdem Opa gepustet hat. Jetzt glaube ich, dass es ein bisschen länger dauert, bis alles wieder heil ist.

Opa geht zum Felsenstuhl. Er legt seine Hand auf den Stein und fühlt.

»Hast du hier gesessen?«, fragt er und dreht sich zu mir um.

Ich nicke. Opa nickt auch.

»Das hab ich auch gemacht, als ich noch ein Junge war.«

»Wirklich! Papa auch …«

Opa sieht mich wieder an. Seine Augen strahlen. Ich schlucke.

»Er hat mir diesen Platz gezeigt«, sage ich.

»Und ich habe ihm diesen Platz gezeigt«, sagt Opa. »Als er noch klein war.« Dann müssen wir beide grinsen.

Opa klettert auf den Stuhl. Er ist ein bisschen zu schmal für ihn, aber er schafft es, sich draufzusetzen. Er späht hinaus aufs Meer. Dann schließt er die Augen. Genau wie ich vorhin.

»Das ist der schönste Ort, den ich kenne«, sagt er. Dann sagt er nichts mehr. Er sitzt einfach da. Und ich stehe hier und sehe ihm zu. Es ist ein bisschen merkwürdig, jemandem beim Denken zuzusehen. Jedenfalls, wenn die Person dabei die Augen zu hat.

»Woran denkst du?«, frage ich.

»Das ist geheim«, antwortet er.

»Oh, ja.«

»Aber ich kann's dir verraten, unter einer Bedingung.«

»Nämlich?«

»Dass du mir verrätst, woran du gedacht hast, als du hier eben gesessen hast.«

Opa hat die Augen immer noch zu. Er sieht aus, als würde er sich sonnen. Aber das tut er nicht. Er denkt an etwas. Etwas Geheimes. Unter einer Bedingung? Ich muss ja nicht alles sagen, nur ein bisschen.

»Na gut. Dann sag schon.«

Opa öffnet die Augen.

»Ich kenne einen Ort, an dem Wale sind.«

»Echt?«

»Wir können mit dem Boot rausfahren. Und ihnen Hallo sagen.«

»Können wir das? Wirklich? Können wir jetzt gleich losfahren?«

Opa lacht.

»Morgen. Wenn das Wetter so schön bleibt.«

»Vielen Dank, Opa!«

Mein Körper fühlt sich leicht wie eine Feder an. Eine Möwenfeder. Die der Wind davonträgt. Zu den Turnschuhen hinüberweht. Ich ziehe sie an und knote zwei perfekte Knoten. Wir werden Wale sehen! Vielleicht die Familie vom Schweinswal. Seine Onkel und Tanten. Oder sogar seine Kinder. Wenn er denn Kinder hatte. Ich hoffe, sie sind nicht traurig. Ich wäre traurig. Wenn ich ein Wal wäre. Ich könnte sie trösten. Wie tröstet man einen Wal? Ich weiß, wie ich getröstet werden will. Nichts sagen. Einfach nur festhalten. Lange. Das könnte schwierig werden bei einem Wal.

»Woran hast du gedacht?«

Ich hatte unsere Abmachung schon wieder vergessen. Opa hat die Augen wieder geschlossen und hält das Gesicht in die Sonne. Ich weiß nicht, was ich antworten soll. Ich habe an so vieles gedacht, als ich eben dort gesessen habe. Aber ich hab's versprochen. Also muss ich.

»Papa«, sage ich.

Opa sitzt ganz still da. Er rührt sich nicht. Ich überlege, ob ich noch mehr sagen soll. Aber ich tue es nicht.

»Wie schön«, sagt er plötzlich.

Das war alles. Keine weiteren Fragen. Nur *wie schön*. Ich versteh nicht, wie er der Meinung sein kann, dass es schön ist, immer und immer wieder an Papa denken zu müssen.

»Warum ist es schön?«, frage ich.

»Stell dir mal vor, du würdest nicht mehr an ihn denken wollen. Das wäre traurig.«

Ich habe Lust zu sagen, dass es auch traurig ist, die ganze Zeit an ihn denken zu müssen. Aber ich sage es nicht. Ich habe keine Lust mehr, darüber zu sprechen. Aber mir gefällt, dass Opa es schön findet. Auch wenn es wehtut.

»Sollen wir zurückgehen?«, fragt er.

Ich merke plötzlich, wie durstig ich bin. Ich habe Lust, heimzugehen, aber dann fallen mir wieder die Katzenjungen ein, die nicht mehr da sind.

»Habt ihr alle Katzenjungen gefunden?«

Opa sieht mich an. Dann springt er vom Stuhl runter. Es ist kein leichter Sprung. Eher eine Art Fall, bei dem er auf den Füßen landet. Er kommt auf mich zu und legt seinen Arm um meine Schultern. Dann dreht er uns beide zum Meer. Ich liebe es, gemeinsam mit Opa aufs Meer zu sehen. Er kennt es so gut.

»Wir wissen nicht, wie viele es waren. Mim hat sie mitgenommen und versteckt. Wenn wir Glück haben, haben vielleicht ein paar überlebt.«

»Glaubst du das, Opa?«

Opa will antworten, aber ich recke mich ganz schnell nach oben und lege meine Hand über seinen Mund. Ich habe es mir anders überlegt, ich will es nicht hören. Immerzu gibt es Dinge, die wir nicht wissen können. Darüber will ich nicht sprechen. Ich will über die Dinge sprechen, die wir wissen.

»Wir können nach Hause gehen«, sage ich und senke den Blick.

Opa antwortet nicht, aber ich spüre an seinen Bewegungen, dass er zu mir herunterschaut. Ich sehe nicht wieder zu ihm hoch. Mein Blick ist aufs Meer gerichtet. Auf die weißen Möwen weit draußen. Ich starre hinaus, bis auch er seinen Blick wieder dem Meer zuwendet.

»Heute Abend habe ich keine Lust, um die Wette nach Hause zu laufen«, sagt er.

»Ich auch nicht.«

Mein ganzer Körper ist erschöpft. Bis in die Haarspitzen. Ohne ein weiteres Wort machen wir kehrt und gehen wieder nach Hause.

Ich lasse Opa vorgehen. Normalerweise laufe ich immer vorweg. Wie ein Hund. Das sagt Mama immer. Dass ich wie ein Hund herumjage. Der beste Hund der Welt, natürlich. Das sagt sie auch immer. So ein goldener, lieber, der nie bellt. Aber an allem herumschnuppert. Der gerne Dinge findet. Genau wie ich. Denn man findet immer etwas, wenn man nur genau hinschaut. Nur jetzt habe ich keine Lust. Jetzt trotte ich einfach nur Opa hinterher. Steige in seine unsichtbaren Fußspuren. Halte sein Tempo. Opatempo passt gerade ganz gut. Ich muss über so vieles nachdenken. Und es wird immer mehr. Gedanken, die nicht verschwinden. Gedanken, die sich festkrallen und nicht lockerlassen. Kann man zu viele Gedanken im Kopf haben? So viele, dass kein Platz mehr für andere ist? Mein Kopf ist beinahe zum Bersten voll, glaube ich.

Plötzlich stoße ich in Opa hinein. Ich habe nicht mitbekommen, dass er stehen geblieben ist. Er beobachtet etwas. Ich folge seinem Blick. Es ist Mim. Sie sitzt zwischen zwei Steinen. Katzenjunge sind keine zu sehen. Nur Mim, die ganz ruhig dasitzt und uns anschaut.

»Was machen wir jetzt?«, flüstere ich.

Opa hebt den Zeigefinger an die Lippen. Er will, dass wir still sind. Wir bleiben hier stehen, bis Opa plötzlich sagt: »Komm, wir gehen weiter.«

Er geht los. Nicht zu Mim, sondern den Pfad entlang nach Hause.

»Wollen wir Mim nicht mitnehmen?«

Opa hält an.

»Ich glaube, Mim möchte jetzt allein sein. Es gibt schon einen Grund, warum sie tut, was sie tut.«

»Welchen Grund denn?«

Opa zuckt mit den Schultern. »Manche Dinge passieren einfach. Und auch wenn wir uns wüschen, dass sie anders verlaufen wären, ändert das nichts.«

Ich sehe ihm in die Augen. Ich weiß, er würde mich niemals anlügen.

»Dann hoffen wir«, sage ich.

Opa wuschelt mir durchs Haar und lächelt. Ich nehme seine Hand. Seine starke Hand. Ich spüre die raue Haut. Sie ist wie der Felsstein unter unseren Füßen. Nur weicher. Opa ist ein weicher Felsen.

Dann gehen wir nebeneinander her. Ich sage nichts mehr. Ich habe heute genug gesagt. Genug gedacht. Komisch, wie müde man vom Denken werden kann. Gedanken wiegen ja nichts. Jetzt will ich nur noch nach Hause. Nach Hause unter meine Bettdecke und zu Teddy … der nicht hier ist.

NOCH EIN ABSCHIED

Ich wache in meinem Zimmer auf. Erst denke ich, dass ich zu Hause bei Mama bin, aber dann fällt mir wieder ein, dass Sommerferien sind und ich Oma und Opa besuche.

Ich setze mich im Bett auf. Das Zimmer ist dunkel. Nur ein Lichtstreifen unter der Tür. Oma und Opa sind schlafen gegangen, denn es ist ganz still im Haus. Ich schaue auf mein Handy. Es ist fast zwei Uhr.

Ich stehe auf. Der Boden ist kühl. Angenehm. So leise wie möglich schleiche ich mich zur Tür und öffne sie vorsichtig. Kein Laut zu hören. Ich schleiche die Treppe hinunter und trete dabei nicht auf die Stufe, die immer knirscht. Dort, wo die Treppe um die Kurve geht. Unten angekommen stehe ich vor der Schlafzimmertür von Oma und Opa. Sie steht einen Spalt weit offen. Mit dem Zeigefinger stoße ich sie weiter auf. Opa schnarcht. Er liegt auf der Fensterseite. Auf dem Rücken, alle viere von sich gestreckt. Oma liegt auf der Seite. Sie sieht hübsch aus. Ich höre ihren Atem. Er geht ganz ruhig.

Oma ist immer ruhig. Behutsam gehe ich zu ihr und lege meine Hand auf ihre Schulter. Da öffnet sie die Augen und sieht mich an.

»Hallo, mein Mädchen«, flüstert sie mit verschlafener Stimme.

»Was ist denn los?«

Sie setzt sich im Bett auf und klopft mit der Handfläche neben sich auf die Matratze. Ich setze mich, ziehe die Beine an und stülpe mein Nachthemd über die Knie.

»Glaubst du, wir hätten die Kätzchen retten können, wenn wir nicht draußen im Boot gewesen wären?«

Oma überlegt.

»Ich glaube, sie sind schon tot zur Welt gekommen. Da hätten wir nichts machen können.«

»Glaubst du, eines von ihnen hat überlebt?«

Oma lächelt.

»Es ist jedenfalls ganz normal, dass Katzen mehr als zwei Junge kriegen, also sollten wir die Hoffnung noch nicht aufgeben.«

Der Gedanke, dass Mim irgendwo ein paar lebendige Katzenkinder versteckt haben könnte, tut gut.

»Aber warum hat Mim sie weggetragen?«

»Katzen sind irgendwie auch wilde Tiere. Sie folgen ihren Instinkten.«

»Wie ein Tiger?«

Oma lächelt wieder und zwirbelt eine meiner Haarsträhnen um ihren Finger.

»Wie ein kleiner Tiger.«

Ich schmiege mich an sie. Dicht an der Bettkante. Oma hebt die Bettdecke hoch und zieht mich an sich. Unter Omas Decke ist Platz für zwei. Ich spüre die Wärme ihres Körpers. Schlafwärme. Wie eine eigene Welt nur für uns. Oma streicht mir durch das Haar. Ich bin müde, aber ich habe keine Lust zu schlafen. Ich will einfach nur so daliegen. An Oma geschmiegt. Sehen, wie das Licht durch den Türspalt auf den Fußboden fällt. Und Muster auf den Dielen bildet. Sie erinnern mich an merkwürdige kleine Tiere, die ganz still stehen. Und auf mich warten.

»Kann man eine Beerdigung machen, wenn es niemanden zu beerdigen gibt?«, frage ich.

»Ja, das geht«, sagt Oma. »Das nennt man Gedenkfeier.«

»Können wir eine Gedenkfeier für die Katzenjungen halten?«

»Wenn du das möchtest?«

»Jetzt?«

Oma antwortet nicht. Es vergeht ein Augenblick. Ein langer Augenblick, glaube ich. Ich drehe mich nicht zu ihr um. Ich warte, bis sie antwortet.

»Glaubst du, du kannst wieder einschlafen, wenn wir es jetzt machen?«

»Ich glaube schon.«

Oma schlägt die Decke zur Seite. Dann rutscht sie ans Fußende des Bettes und steht auf. Ich bleibe liegen und sehe sie an. Sie geht zu ihrer Kommode und zieht die unterste Schublade auf. Sie nimmt zwei Paar Struppsocken raus. Eigentlich sind es Wollsocken. Aber Oma nennt sie Struppsocken. Weil sie aus dem struppigen Fell der Ziege gemacht sind. Ich mag Struppsocken am liebsten. Die sind noch wärmer als Wollsocken. Sie gibt mir ein Paar. Ich setze mich im Bett auf. Oma setzt sich neben mich. Opa grunzt.

»Sollen wir Opa wecken?«, flüstere ich.

»Lassen wir ihn schlafen«, flüstert Oma zurück.

Wir ziehen uns die Socken über. Meine reichen mir fast bis an die Knie. Ich bin als Erste fertig und warte auf Oma. Dann gehen wir hinaus in den Flur. Ich weiß nicht recht, was ich während der Gedenkfeier machen soll. Aber es sieht so aus, als hätte Oma eine Idee. Sie geht in die Küche. Dort findet sie eine kleine Kerze. So eine, wie man sie früher am Weihnachtsbaum hatte. Bevor es welche mit Strom gab. Sie setzt die Kerze in einen gläsernen Kerzenhalter. Sie passt genau. Dann nimmt sie Streichhölzer aus der obersten Schublade. Auf dem Küchentisch steht eine Vase mit Blumen. Oma hat fast immer frische Blumen auf dem Küchentisch. Sie pflückt sie im Garten hinter dem Haus. Manchmal lässt sie mich die Blumen pflücken. Ich gehe gerne mit der Schere hinaus und suche die aus, die gut zusammenpassen. Als würde ich mit Blumen malen, statt mit Wasserfarben.

»Kann ich ein paar von den Blumen mitnehmen?«, frage ich.

Oma nickt. Ich nehme drei. Eine gelbe, eine weiße und eine kleine blaue. Eine für jeden von uns. Dann geht Oma hinaus in den Flur und schließt die Kellertür auf. Ich folge ihr.

Nachts ist es im Keller ganz anders. Dort unten gibt es zwar Licht, also sieht alles wie immer aus. Aber es fühlt sich anders an. Ruhiger. Als würde der Keller schlafen.

Auf dem Weg zum hintersten Kellerraum wird es immer dunkler. Ich spüre wieder den Kloß im Bauch. Vielleicht ist Mim zurückgekommen. Vielleicht liegt sie in ihrem Karton mit ein paar Katzenjungen, die überlebt haben. Ich zupfe an Omas Nachthemd, sodass sie stehen bleibt und mich ansieht. Wir lauschen. Lauschen ins Nichts. Oma lächelt und nickt mir zu, wir gehen weiter. In dem hintersten Kellerraum hat Mim einen neuen Pappkarton bekommen. Und eine neue blaue Decke, die eigentlich ein altes Handtuch ist. Mim ist nicht da. Niemand ist da. Nur Oma und ich. In Nachthemden und Struppsocken.

Oma stellt die Kerze auf den Boden neben den Pappkarton und reicht mir die Streichhölzer. Ich nehme sie und gebe ihr die Blumen. Dieser Tausch ist irgendwie lustig. Aber wir lachen nicht. Wir sehen einander nur zu. Ich setze mich in die Hocke und nehme ein Streichholz. Das Erste bricht ab. Das ist fast immer so. Das zweite geht an. Als die Kerze brennt, stehe ich wieder auf. Wir stehen da und sehen in die Flamme. Kerzenlicht ist irgendwie sowohl schön als auch traurig. Oma steht dicht hinter mir. Ich spüre ihre Wärme, auch wenn der Raum kühl ist. Oder vielleicht auch gerade deshalb. Das Licht flackert und wirft Schatten an die Kellerwände. Schatten, die sich bewegen, obwohl wir ganz still stehen. Als ob hier unten noch andere wären außer uns. Andere, die hier sein wollen. Für die Kätzchen. Ich spüre, wie es mir langsam wieder schwerfällt, zu atmen. Aber ich tu so, als würde ich es nicht merken. Tu so, als wäre das, was wir hier tun, ganz normal. Als würde es gar nicht um die Katzenjungen gehen. So wie beim Lucia-Fest in der Schule. Alle singen, ohne zu wissen, worüber sie singen.

Oma hält mir die Blumen hin. Ich nehme sie und lege sie auf die neue Decke. Sie sieht so vereinsamt aus, ohne Mim. Ich wünschte, sie wäre jetzt hier. Aber sie würde das alles nicht verstehen, also ist es gut, dass sie draußen unterwegs ist. Arme Mim. Arme Kätzchen. Haben die Welt nicht gesehen, bevor sie gestorben sind. Sie sind gestorben, bevor sie leben durften.

Ich versuche, jeden einzelnen Atemzug ganz tief einzuatmen, so ruhig wie möglich. Es klappt nicht.

»Willst du etwas sagen?«, fragt Oma.

Ich habe Lust, etwas zu sagen, aber ich weiß nicht, was. Ich habe Lust zu singen, aber ich schaff' es gerade nicht. Ich habe keine Worte mehr. Und auch bald keine Luft mehr. Ich schüttele einfach nur den Kopf. Und atme weiter. Ein und aus …

Oma legt ihre Arme um meine Schultern und drückt mir einen Kuss auf den Kopf. Morgen will ich Mama anrufen. Ich vermisse ihre Stimme. Ich will hören, wie sie lächelt. Und ich vermisse Teddy. Es ist egal, ob ich nun langsam zu groß für ihn werde oder nicht. Teddy kennt als Einziger alle meine Gedanken. Und er wird sie nie jemandem verraten. Ich schließe die Augen. Schaffe es nicht mehr, sie offen zu halten. Ich will schlafen. Für immer schlafen. Oder zumindest, bis ich aufwache.

WALSAFARI

Es ist Morgen. Ich höre Oma unten in der Küche summen. Ich ziehe das Rollo hoch und kneife die Augen zusammen. Dann lasse ich das Licht behutsam herein. Nach und nach. Heute gehe ich auf Walsafari.

Der Himmel ist bewölkt. Nicht mit dunklen, schweren Wolken, die Regenwetter ankündigen, sondern mit dünnen, weißen. Es sieht aus, als hätte jemand oben am Himmel Gardinen aufgehängt. Sie hängen hier und dort. Sieht nicht so aus, als wäre da ein System hinter. Ist es ja aber auch nicht. Ich schaue auf meinem Handy, ob ich Empfang habe. An einigen Tagen gibt es nämlich plötzlich welchen. Aber heute nicht. Ich stöpsle das Ladekabel ans Handy, nehme ein paar saubere Shorts und ein Trägershirt aus dem Schrank. Ich mag Weiß. Mama findet, ich sollte mehr Farben tragen, weil Weiß immer so schnell schmutzig wird, sagt sie. Aber das stimmt ja gar nicht, denn alles wird immer gleich schmutzig, man sieht es nur nicht so gut bei anderen Farben. Ich gehe ins Bad, wasche mich und ziehe mich an. Dann putze ich meine Zähne, obwohl ich noch gar nichts gegessen habe. Ich kämme mir sogar die Haare.

Auf der Treppe weht mir der Geruch von Kuchen entgegen. Dann ist also Samstag. Oma ist in der Küche. Auf der Küchenbank liegen richtig viele Nüsse. Ich schleiche mich an und stibitze eine. Oma zwinkert mir zu. Ich glaube, es ist eine Haselnuss. Es ist gar nicht so einfach, Nüsse voneinander zu unterscheiden, wenn sie keine Schale mehr haben. Ich weiß nur, dass es keine Walnuss ist. Die sehen nämlich aus wie unser Gehirn. Versteh nicht ganz, warum sie Walnüsse heißen. Sie haben gar keine Ähnlichkeit mit Walen. Weder mit Schale noch ohne. Zumindest nicht mit den Walen, die ich gesehen habe.

Ich mag Samstage. Omas Kuchen sind die besten auf der ganzen Welt. Nusskuchen mag ich am allerliebsten. Und Waffeln, aber das ist ja kein Kuchen. Waffeln macht Oma auch an anderen Tagen. Plötzlich, an einem Montag, kann Oma auf die Idee kommen, Waffeln zum Mittagessen zu backen. Oder an einem anderen Tag. Kuchen, hingegen, Kuchen bedeutet Samstag.

»Darf ich euer Telefon benutzen?«, frage ich.

»Na klar«, sagt Oma. »Bestell liebe Grüße.«

Ich gehe hinaus in den Flur zum Telefon. Es hat so große Tasten, dass man sich auf keinen Fall verwählen kann. Auf die Telefonbank setze ich mich nicht. Ich hoffe, Mama nimmt ab. Es klingelt vier Mal, dann geht der Anrufbeantworter dran. Ich kenne die Ansage auswendig. Es ist schön, ihre Stimme zu hören, auch wenn es nur das Band ist. Sie klingt fröhlich. Als ob sie mit mir spricht, bis der Piepton kommt. Ich hinterlasse keine Nachricht. Das mache ich nie. Sie sieht ja, wer angerufen hat. Ich probiere es einfach heute Abend nochmal, wenn wir wieder zu Hause sind.

In der Küche setze ich mich auf meinen Platz. Oma stellt mir einen Teller und ein Glas hin.

»Ist sie nicht rangegangen?«, erkundigt sie sich.

»Nein. Sie ist bestimmt schon bei der Arbeit. Wo ist Opa?«

»Er werkelt am Boot.«

»Wir gehen heute auf Walsafari, stimmt's?«

»Du und Opa. Ich hab hier im Haus einiges zu tun.«

Sie holt den großen Teller mit Butterbroten aus dem Kühlschrank und stellt ihn auf den Tisch.

»Willst du nicht mitkommen?«, frage ich.

»Doch, aber ich glaube, du und Opa, ihr schafft das heute auch allein.«

Ich nehme ein Brot mit Marmelade und beiße ab. Es schmeckt nach Sommerferien.

»Bist du schon einmal mit rausgefahren und hast Wale gesehen?«

Oma lächelt.

»Ja. Schon öfter.«

»Kann man sie streicheln?«

Oma lacht. Sie findet bestimmt, ich stelle zu viele Fragen. Aber es ist gut, Fragen zu stellen. Das sagt Opa immer.

»Warte ab«, sagt sie. »Das wird toll.«

Sie wuschelt mir durchs Haar. Das mag ich. Das würde Mama nie machen. Mama mag mein Haar am liebsten, wenn es gekämmt ist. Oma mag alles. Ich ähnle wohl eher Oma.

Neben dem Kühlschrank steht der Rucksack, den wir mitnehmen wollen. Oma hat zwei Thermoskannen eingepackt. Die eine ist die Kaffeekanne. Und die andere ist meine. Sie ist ein bisschen kleiner und rot. Ganz bestimmt mit Kakao gefüllt. Ich gehe zum Rucksack und schaue hinein. Dort sind auch zwei Stullenpäckchen. Und etwas, das in Alufolie eingewickelt ist. Vielleicht ein paar Stückchen von Omas Nusskuchen?

»Soll ich den Rucksack mit runter zum Boot nehmen?«, frage ich.

»Das kannst du, ja. Aber zieh dir erst die Rettungsweste an. Ich komme gleich nach.«

Der Rucksack ist schwerer, als er aussieht. Es ist gar nicht so einfach, mit der Rettungsweste den Rucksack zu tragen. Es kribbelt im Bauch. Gutes Kribbeln. Das fühlt sich gut an. Ungewöhnlich gut.

Opa ist nicht am Anleger. Dort steht nur eine graue Werkzeugkiste. Und auf einer alten öligen Zeitung liegen ein paar Motorteile. Ich gehe hinüber zum Boot und rufe. Die Luke zum Maschinenraum ist offen. Wenn Opa da unten wäre, dann hätte er mich gehört. Ich setze den Rucksack ab und stelle ihn neben die Werkzeugkiste. Dann gehe ich einmal ums Bootshaus herum zum Eingang. Von drinnen dringt ein Wummern. Ich öffne die Tür und gehe hinein. Es dauert einen Augenblick, bis ich mich an das schummrige Licht gewöhnt habe. Opa steht an der Arbeitsbank und schleift etwas mit seiner Schleifmaschine. Er sieht mich nicht. Er trägt diese runden Ohrenschützer, durch die man nichts hört. Ich bleibe in der Tür stehen und schaue ihm zu. Er schleift ein kleines Ding. Vielleicht eine Schraube, oder so etwas. Funken sprühen auf den Boden. Das Schöne am Bootshaus ist, dass alles seine Ordnung hat. Es steht nirgendwo, wohin die Dinge gehören. Aber Opa hat für alles einen festen Platz. Er hat eine Kiste nur für Tampen. Mit denen habe ich früher immer gespielt. Viele hätten sie wohl weggeschmissen. Aber für Opa ist das etwas, was man aufhebt. Ich habe auch meine eigene Kiste hier. Eine Kiste mit den Schätzen, die ich im Watt gefunden habe, seit ich ganz klein war. Es wird von Jahr zu Jahr mehr. Es ist schön zu wissen, dass ich hier ein kleines Schatzlager habe. Man weiß ja nie, wann ich die

Dinge mal brauche. Vielleicht wenn ich mal groß bin und dann selbst Kinder habe. Dann werden meine Kinder auch jeden Sommer bei Oma und Opa verbringen. Spielen und all die Dinge machen, die ich jeden Sommer mache. Und die Papa gemacht hat, als er klein war. Wenn sie Lust haben. Und das haben sie ganz bestimmt.

Das Wummern der Schleifmaschine erstirbt. Opa ist fertig und dreht sich zu mir um. Er strahlt übers ganze Gesicht. Er schiebt die Ohrenschützer nach oben, sodass er aussieht, als hätte er zwei Riesenohren.

»Hallo, mein Mädchen«, sagt er und kommt auf mich zu.

Er umarmt mich. Eine Umarmung, die nicht kratzt.

»Hast du dich rasiert?«, frage ich.

»Na, ich muss mich doch rasieren, wenn ich von dir Besuch bekomme«, sagt er grinsend.

Ich grinse zurück. Ich mag Umarmungen, die nicht kratzen, am liebsten. Aber bei Opa bekommt man meistens kratzige Umarmungen.

»Was machst du?«, fragte ich.

Opa hält eine kleines Metallstäbchen vor mir ins Licht.

»Dieser Schurke hier will mein Boot lahmlegen. Aber ich glaube, jetzt habe ich ihm eine Lektion erteilt.«

Ich habe keine Ahnung, wovon er spricht. Aber das macht nichts. Opa repariert ständig irgendwas am Boot.

So ist das nun mal. Ich hoffe nur, dass es nicht zu lange dauert. Wir gehen nach draußen zur Werkzeugkiste. Opa steckt sich das kleine Metallstäbchen in die Hosentasche. Dann beugt er sich hinunter zur Werkzeugkiste und kramt in dem obersten Fach. Dort liegen kleine Schrauben und Muttern.

»Das kann ein bisschen dauern«, sagt er.

Irgendwas ist merkwürdig an der Art, wie er es sagt. Oder an dem, was ungesagt bleibt. Das freudige Kribbeln im Bauch verschwindet.

»Wie lange denn?«, frage ich.

»Tja, das ist nicht so leicht zu sagen …«

Dann sagt er nichts mehr. Er bleibt stehen und schaut auf eine kleine Schraube, die er in der Hand hält. Sie ähnelt dem kleinen Metallstäbchen, das er sich eben in die Tasche gesteckt hat. Dann pfeift er eine Melodie, die ich noch nie zuvor gehört habe.

»Du hast es versprochen, Opa.«

Ich sage es leiser, als ich eigentlich will. Kaum hörbar.

Opa hört es. Er schaut zu mir auf. Überrascht. Seine Augen sind wieder ganz dunkel und groß. Er steckt die Schraube in die Tasche zu der anderen. Dann kommt er zu mir.

»So war es nicht gemeint, mein Mädchen. Natürlich werden wir rausfahren. Es dauert nur ein bisschen, mit dem Motor. Eine Stunde, denke ich.«

»Ich dachte, du meintest …«

»Ich weiß«, sagt Opa.

In seinen Augenwinkeln sitzt ein Lächeln. Er wuschelt mir durchs Haar. So wie Oma. Aber auf die Opaart. Alle wuscheln heute. Dann lächelt er. So lange, bis ich zurücklächeln muss und anfange zu lachen. Dann lacht er auch. Es ist so schön zu lachen. Das Kribbeln im Bauch kehrt zurück. Es war nur kurz woanders.

»Ich habe eine Überraschung für dich«, sagt Opa.

»Wirklich? Was denn?«

»Das Ruderboot. Ich hab es Klarschiff gemacht. Wenn du Lust hast?«

»Darf ich? Allein?«

»Wenn du willst?«

Opa ist immer dabei gewesen, wenn ich fischen war. Ein bisschen, weil ich ihn dabeihaben wollte, aber vor allem weil er mich nicht allein mit dem Boot hat rausrudern lassen. Aber dieses Jahr bin ich anscheinend groß genug. Groß genug für alles, obwohl ich den Unterschied nicht bemerke.

»Ich bin ja hier auf dem Anleger. Wir haben uns die ganze Zeit im Blick«, sagt er.

»Das hab ich letztes Jahr schon vorgeschlagen, Opa!«

Opa grinst und nickt.

»Vielen, vielen Dank, Opa«, sage ich.

Ich falle ihm um den Hals. Und bekomme noch eine

Umarmung, die nicht kratzt. Opa lacht über mich. Wir gehen hinüber zur Stegleiter. Es ist ein kleines Boot. Groß genug für zwei. Oder für mich. Opa hat einen Eimer mit der Angelausrüstung vorn in den Bug gestellt. In den Eimer legen wir auch immer den gefangenen Fisch. Opa hilft mir die Leiter hinunter. Es ist immer ein bisschen gruselig, in so kleine Boote zu steigen. Sie wackeln so. Aber das geht schon. Ich setze mich auf einen Sitz in der Mitte der Ruderbank und stecke die Ruder in die beiden Gabeln rechts und links am Rand des Bootes.

»Was mach ich, wenn ich welchen fange?«

»Dasselbe, was wir letztes Jahr gemacht haben.«

Opa zwinkert mir zu.

»Mit dem Holzscheit?«

»Es liegt dort im Eimer.«

Opa löst das Tau und lässt es ins Boot gleiten. Jetzt bin ich auf hoher See. Na ja gut. Ich bin direkt vorm Anleger. Aber See ist See. Opa winkt mir mit einem ölverschmierten Lappen nach.

Ich kann nicht winken, weil ich ja rudere, also rufe ich: »Wir sehen uns später!«

»Gute Fahrt!«, ruft er zurück.

Er bleibt für einen Moment stehen und sieht mir nach, dann geht er wieder zu seiner Werkzeugkiste.

ANGELAUSFLUG

Das Komische am Rudern ist, dass man rückwärts fährt. Wenn man radelt oder Auto fährt, dann geht's immer vorwärts. In der Bucht ist viel Platz, deswegen ist das kein Problem. Aber ich muss mich immerzu umdrehen, um zu sehen, wohin ich unterwegs bin. Ich rudere in langen Zügen. Es ist ein Jahr her, seit dem letzten Mal. So fühlt es sich nicht an. Hat man einmal rudern gelernt, kann man es immer. Ich mag Dinge, die man nur einmal lernen muss. So wie lesen. Mathe nicht. Das wird Jahr für Jahr schwieriger. Deswegen ist es bestimmt auch so langweilig.

Der Wind zeichnet Muster aufs Wasser. Die Muster bewegen sich und tanzen über das Kielwasser meines Bootes. Ich mache ein paar kräftigere Züge, damit ich mich danach kurz treiben lassen kann. Es ist beinahe komplett still. Ich höre nur das Rauschen des Meeres jenseits der Bucht und das Wasser, das von den Rudern tropft. Und die Möwen natürlich. Ich bemerke schon gar nicht mehr, wie sie kreischen. Obwohl sie es die ganze Zeit tun. So ist es hier. Ich habe die Bucht halb durchquert. Ich rudere nur vier weitere Züge. Dann strecke ich den Daumen aus. Wenn das Bootshaus hinter dem Daumennagel verschwindet, bin ich weit genug draußen. Das habe ich auf meinem allerersten Angelausflug mit Opa gelernt. Ich bin weit genug gekommen. Hier gibt es Fisch.

Ich sehe Opa auf dem Anleger stehen. Er ist immer noch mit dem Boot beschäftigt. Zwischendurch dreht er sich um und schaut rüber zu mir. Dann winke ich ihm, und er winkt zurück.

Ich ziehe die Ruder ein und rutsche auf Knien hinüber zum Eimer mit der Angelausrüstung. Es ist eine kleine Angel mit Spule. Sie ist nicht viel länger als mein Arm. Am Ende der Angelschnur sind ein blanker Löffel und darunter ein Gummiwurm befestigt. Er sieht gar nicht aus, wie ein richtiger Wurm, denn er ist rot und ein Haken sticht aus ihm heraus. Aber das können die Fische nicht sehen. Die Fische denken, es ist ein echter Wurm. Echtes Fressen, das dort im Wasser herumtrudelt. Der arme Fisch. Ganz unten im Eimer liegt das Holzscheit. Es liegt mir schwer in der Hand, obwohl es ja nur aus Holz ist. Mit ihm schlägt man dem Fisch auf den Kopf. Damit er sofort stirbt. An seinen Kanten kleben noch ein paar Fischschuppen. Früher fand ich es toll, fischen zu gehen, jetzt bin ich mir nicht mehr so sicher. Eigentlich lockt man ja den Fisch in den Tod. Ich weiß, dass es gesund ist, Fisch zu essen. Aber mir gefällt nicht, dass jemand sterben muss, nur weil ich hungrig bin. Ich setze mich wieder auf die Ruderbank und lasse den Löffel mit dem Wurm ins Wasser. Er tänzelt in die Tiefe, bis er ganz verschwunden ist, ganz allein trudelt er weiter, bis die Angelschnur schlaffer wird. Dann hat der Haken den Meeresgrund erreicht und ich kann ihn leicht nach oben zuckeln. Und dann kann es losgehen mit dem Fischen. Doch zum Zuckeln komme ich gar nicht, denn sofort spannt sich meine Angelrute. Ich habe einen Fisch am Haken. Ich, die ich gar keinen Fisch haben will. Ich kurbele an der Spule. Das ist gar nicht so leicht. Ich hoffe, der Fisch ist nicht zu groß. Warum musste er mir nur an den Haken gehen? Hätte er sich nicht besser vorsehen können? Dann hätte er doch gesehen, dass es ein Schummelwurm ist. Jetzt muss ich ihn ins Boot holen. Der Fisch zerrt an der Angelschnur. Er will nicht hoch. Das kann ich gut verstehen. Wenn ich ihn vom Haken abgemacht habe, ist er wieder frei. Jetzt kann ich ihn schon sehen. Es ist eine Makrele. Das erkenne ich am Zebramuster auf ihrem Rücken. Sie schwimmt auf und ab. Und unter das Boot. Ich muss weiterkurbeln, denn nur wenn ich sie ins Boot kriege, kann ich sie wieder befreien.

Als sie endlich oben ist, zappelt sie im Boot herum.

Sie hat Angst vor mir. Sie weiß nicht, dass ich eigentlich lieb bin. Dass ich ihr nichts Böses will. Dass dieser ganze Angelausflug ein großer Fehler war. Dass ich nie wieder einen Fisch töten will. Oder irgendein anderes Lebewesen. Niemand hat es verdient, zu sterben.

Ich setze mich auf die Knie. Ziehe die Makrele an der Angelschnur näher zu mir, damit ich sie vom Haken machen kann. Sie will nicht, aber sie muss, wenn sie überleben will. Ich bekomme sie zu fassen, indem ich sie auf den Boden des Bootes drücke. Makrelen haben spitze Rückenflossen. Sie piksen, aber das macht nichts. Der Haken muss raus. Er sitzt in der Lippe der Makrele fest. Ich muss ihn rückwärts rausdrehen. Die Makrele zappelt unter meiner Hand. Die Arme. Als ich sie endlich vom Haken befreit habe, bekommt sie noch mehr Angst und springt wie wild im Boot herum. Sie hat sicher Schmerzen. Sie braucht Wasser. Fische atmen im Wasser. Und die Makrele hat schon eine Weile nicht geatmet. Hier oben ist viel zu viel Luft für die Makrele. Ich rutsche auf sie zu und versuche, sie einzufangen. Sie entschlüpft mir immerzu. Sie will nicht. Aber sie darf nicht sterben. Nicht jetzt, nicht, wo sie wieder frei ist. Wenn ich Wasser ins Boot schütten würde, könnte sie wieder atmen. Ich brauche ja gar nicht so viel, gerade genug, damit ihr Kopf untertauchen kann.

Ich nehme den Eimer und tauche ihn ins Wasser.

Er ist schwer, als ich ihn wieder herausheben will, also muss ich ordentlich zupacken. Da bricht der Henkel ab und der Eimer versinkt im Meer. Die Makrele zappelt. Und ich sitze da, mit einem Henkel in der Hand. Dann weiß ich, was ich tun muss. Ich blicke hinüber zum Ufer. Die Entfernung ist gar nicht mehr so weit. Während des Angelns ist das Boot näher herangetrieben. Oma ist hinunter an den Steg gekommen. Dort steht sie und schaut zu mir. Ich drehe mich wieder zur Makrele um. Sie zappelt schon nicht mehr so wild. Zittert eher. Aber sie lebt noch. Ich stehe auf. Das Boot wackelt. Vorsichtig gehe ich auf die eine Seite des Bootes, sodass es etwas schief im Wasser liegt. Ich lehne mich über den Rand, packe den Sitz auf der Ruderbank mit beiden Händen und verlagere mein Gewicht nach hinten. Langsam bäumt sich die Steuerbordseite des Bootes auf. Ich höre Omas Rufe:

»Nicht im Boot stehen!«

Das weiß ich. Das ist Regel Nummer zwei. Nach der Rettungsweste. Aber ich denk ja gar nicht daran, mich wieder hinzusetzen. Ich werde den Fisch retten. Er wird nicht sterben. Das Letzte, was ich sehe, bevor das Boot kentert, ist die Makrele. Zappelnd fällt sie zurück ins Wasser. Ich habe es geschafft!

Und dann sind da nur noch Blasen und Salzwasser. Es ist viel kälter, als ich vermutet hätte. Ich schnappe nach

Luft. Huste und spucke. Die Rettungsweste hält mich an der Oberfläche. Das Boot sinkt auch nicht, aber es liegt mit dem Kiel nach oben auf dem Wasser. Alles treibt. Nur den Fisch sehe ich nicht, aber ich weiß, dass er es geschafft hat. Jetzt ist er sicher wieder bei seinen Freunden. Ich schwimme auf das Boot zu. Obwohl ich an der Oberfläche treibe, fällt es mir schwer, mit Klamotten zu schwimmen. Da höre ich Opas Rufe.

»Halt dich am Boot fest! Ich komme!«

Dann höre ich ein Platschen. Ich drehe mich zum Anleger um. Dort stehen Opas Stiefel. Dann taucht sein Kopf plötzlich aus dem Wasser auf. Er schwimmt auf mich zu. Wie ein Wal.

»Halt dich am Boot fest!«, tönt es auch von Oma.

Ihre Stimme ist ganz dünn. Dünn und ängstlich. Mir dämmert, was ich getan habe. Ich habe einen Fisch gerettet, aber ich habe auch etwas ziemlich Gefährliches gemacht. Ich halte mich am Boot fest. Es ist nicht so schwer. Opa kommt näher. Er sieht erschöpft aus. Es sieht nicht so aus, als hätte er eine Rettungsweste an. Ich hoffe, er ist nicht sauer auf mich.

Endlich ist er am Boot. Er klammert sich fest und prustet. Prustet und spuckt.

»Hallo, mein Mädchen.«

Er versucht zu lächeln, aber er ist zu sehr mit Atmen beschäftigt.

»Alles in Ordnung mit dir? Du hältst dich gut fest, ja?«

Ich nicke. Meine Zähne klappern. Ich friere nicht. Ich zittere nur. Mein ganzer Körper zittert. Opa lächelt wieder. Diesmal klappt es. Und er atmet ruhiger.

»Schau, da waren wir heute auch noch baden. Das hätte ich nicht gedacht, als ich heute Morgen aufgestanden bin. Alles gut?«

»Ja. Gehen wir jetzt nicht auf Walsafari?«

Meine Stimme zittert. Opa schwimmt zu mir. Mit der einen Hand streicht er mir die nassen Haare aus dem Gesicht.

»Jetzt bringen wir uns erst einmal sicher an Land. Dann ziehen wir ein paar warme Sachen an. Und dann schauen wir mal, was wir machen. Okay?«

»Ja. Aber ich habe so große Lust.«

»Ich auch.«

Er lächelt wieder. Ein nasses Lächeln.

»Halt dich fest«, sagt er.

Dann strampelt er mit den Beinen, dass es hinter ihm nur so spritzt. Erst da sehe ich, dass er seine Latzhose noch anhat. Das Boot gleitet langsam Richtung Land. Ich mache das Gleiche wie Opa. Wir sind wie zwei lebendige Propeller. Strampeln uns vorwärts, mit dem Boot im Schlepptau. Es tut gut, sich zu bewegen. Dann wird einem nicht so kalt. Wir nähern uns dem Anleger.

Oma wartet an der Leiter. Obwohl sie lächelt, sieht sie so aus, als hätte sie geweint. Als wir am Anleger ankommen, schlingt Opa seinen Arm um mich und hebt mich zur Leiter. Ich greife nach den Sprossen und versuche, mich raufzuziehen. Es fällt mir schwer mit den nassen Sachen. Oma beugt sich vor und zieht mich an den Armen hoch. Dann umarmt sie mich. Ganz fest. Beinahe bekomme ich keine Luft mehr. Aber das tut gut. Auch wenn Oma jetzt nass wird. Sie öffnet die Rettungsweste und zerrt sie mir vom Leib. Dann zieht sie mir die nassen Sachen aus. Sie kleben an meiner Haut fest. Dann stehe ich schließlich ganz nackt da. Oma wickelt mich in eine dicke Wolldecke ein und rubbelt mich, damit ich nicht krank werde.

Opa kommt die Leiter herauf. Total durchnässt. Wasser läuft aus den Taschen seiner Latzhose. Er hält das Tau des Ruderbootes. Aber statt es festzubinden, setzt er sich auf den Anleger. Oma nimmt ihm das Tau ab und befestigt es an einer der Klampen. Dann gibt sie auch Opa eine Wolldecke. Er nickt zum Dank und knöpft die Latzhose auf. Dann sieht er mich an.

»So, mein Mädchen. Was ist da passiert?«

Opa ist nicht wütend. Er wirkt eher neugierig. Ich glaube nicht, dass ich Opa schon einmal wütend erlebt habe.

»Ich hatte einen Fisch am Haken.«

Opa trocknet sich die Haare mit der Wolldecke.

»Toll! Was für einen?«

»Eine Makrele ...«

»Die können ordentlich ziehen. Aber ist deswegen das Boot gekentert? Als du den Fisch an Bord holen wolltest?«

»Nein.«

Opa hält beim Abtrocknen inne.

»Warum denn dann, mein Mädchen?«

»Es ist passiert, als ich den Fisch wieder freilassen wollte.«

Opa sieht mich an. Er steht auf und wickelt sich die Wolldecke um den Leib. Die Latzhose rutscht an seinen Beinen herunter. Er streift sie mit den Füßen ab und schleudert sie auf den Anleger. Genau so ziehe ich meine Hosen auch immer aus.

»Du wolltest also den Fisch wieder freilassen und dabei ist das Boot gekentert?«

Ich weiß nicht recht, wie ich das Opa erklären soll. Es ist gar nicht so leicht, die richtigen Worte zu finden. Es gibt so viele, zwischen denen man wählen muss.

»Ich konnte den Fisch nicht mit der Hand einfangen. Er war so glatt. Ich wollte nicht, dass er stirbt. Also habe ich das Boot zum Kippen gebracht, damit er wieder ins Meer zurück kann.«

Opa steht vor mir und sieht mich an. Keiner sagt etwas. Wir stehen einfach nur da, jeder in seine Wolldecke gewickelt. Oma hat aufgehört, mich abzurubbeln. Dann passiert zum Glück etwas. Opa geht vor mir in die Hocke. Ich schaue ihn an.

»Du hast das Boot zum Kippen gebracht … um einen Fisch zu retten?«

Er sagt es ganz langsam.

»Es war eine Makrele, Opa. Eine ganz kleine.«

»Ja …«

Opa kratzt sich am Kinn, so wie er es auch immer tut, wenn der Bart noch da ist.

»Hat es geklappt?«, fragt er.

»Ja. Sie ist zurück ins Wasser gefallen.«

Ich spüre den Kloß im Magen. Und dass mir das Atmen schwerer fällt. Ich versuche, ganz ruhig Luft zu holen, aber das ist gar nicht so einfach, wenn so viel Luft raus und gleichzeitig rein will.

»Entschuldige«, sage ich nur.

Opa lächelt. In seinem Augenwinkel klemmt eine Träne. Sie sieht aus wie eine Perle. Eine Perle, die sich festhält.

»Mein Mädchen … Du bist das Wichtigste für mich und Oma. Hörst du? Das Beste, was wir haben. Was du da gemacht hast – das hätte schiefgehen können, mein Mädchen.«

»Ich hatte doch eine Rettungsweste«, flüstere ich.

Opas Lächeln wird breiter. Die Perle lässt los und rollt über seine Wange.

»Ja, zum Glück.«

Er schüttelt den Kopf.

»Du bist wie dein Papa«, sagt er.

»Wirklich?«

»Ja. Nur ihr zwei könnt auf solche Ideen kommen.«

Dann nimmt er mich in den Arm. Eine schöne Umarmung. Das Atmen fällt mir wieder leichter. Mir gefällt, dass ich Papa ähnlich bin. Opa steht auf und knotet sich seine Wolldecke um den Bauch. Dann geht er zu Oma. Er bleibt vor ihr stehen. Sie sieht zu ihm auf. Er nimmt ihren Kopf in seine Hände und küsst sie auf die Stirn.

»Ich weiß nicht, wie es euch geht. Aber ich brauche trockene Sachen«, sagt er.

Opa schaut zu mir.

»Was meinst du? Machen wir uns bereit für die Walsafari, oder willst du noch eine Runde baden?«

Opa ist Experte, wenn es darum geht, uns gute Laune zu machen, wenn wir sie dringend brauchen.

»Ich bin bereit«, sage ich.

Dann gehen wir hoch zum Haus. Oma geht voran, mit den nassen Sachen. Dann komme ich, und zum Schluss Opa. Jedes Mal, wenn wir diesen Weg gehen, gehen wir in unterschiedlicher Reihenfolge. Das ist schön, dann wird's nie langweilig.

HINAUS AUFS MEER

Ich ziehe mich in meinem Zimmer um und trockne mir die Haare mit einem Handtuch. Diesmal ziehe ich eine lange Hose und einen dünnen, hellen Pullover an.

Ich stelle mich ans Fenster. Bisher bin ich nur im Sommer hier gewesen, die Aussicht ist also immer dieselbe. Als wäre es gar keine Aussicht, sondern ein Bild. Ein lebendiges Bild. Oma ist draußen. Sie hängt meine Sachen auf die Wäscheleine. Und Opas Latzhose. Es ist wohl schon eine Weile her, dass sie gewaschen wurde. Ich frage mich, was er jetzt wohl tragen wird? Ich glaube, ich habe Opa bisher nur in vier Sachen gesehen. Latzhose, Badehose, Bademantel und den schwarzen Anzug, den er auf Papas Beerdigung getragen hat. Ich mag solche Anzüge nicht. Die sind so ernst. Ich klopfe ans Fenster. Oma dreht sich um und sieht auf. Sie winkt. Ich glaube, sie hatte sehr viel Angst, als ich ins Wasser gefallen bin, weil sie hinterher so still war. Aber das ist jetzt vorbei. Jetzt ist wieder alles so, wie es sein soll. Und ich werde gleich die Wale sehen. Zusammen mit Opa.

Unten in der Küche sitzt Opa und trinkt Kaffee und löst Kreuzworträtsel in der Zeitung. Er trägt eine ganz frische Latzhose. Sie sieht genauso aus, wie die alte. Nur ohne Löcher und ohne Flecken.

»Bist du bereit?«, fragt er und sieht von der Zeitung auf.

Ich nicke und grinse ihn an.

»Hast du eine neue Latzhose, Opa?«

»Jawoll!«

»Warum trägst du nicht die, statt der anderen?«

Opa schaut mich an.

»Weil sie keine Flecken hat. Und ich mag Flecken. Wie die Sommersprossen auf deiner Nase.«

»Ich hab gar keine Sommersprossen.«

»Komm her, dann male ich dir welche auf«, sagt er und wedelt mit dem Kugelschreiber.

Ich gehe zu ihm. Ich glaube nicht, dass er es wirklich macht. Aber da lieg ich falsch. Opa macht ein ganz konzentriertes Gesicht, während er mir elf Sommersprossen auf die Nase malt. Dann fängt er an zu lachen.

»Du siehst toll aus! Willst du noch mehr?«

»Ja! Mindestens zwanzig.«

Opa malt weiter. Jetzt ist es ein bisschen schwieriger, denn nun kann ich nicht mehr aufhören zu kichern.

Oma kommt in die Küche. Sie hat meine Rettungsweste dabei. Sie schüttelt den Kopf, als sie uns sieht, und lächelt.

»Willst du auch Sommersprossen haben?«, fragt Opa sie.

»Ich komm schon zurecht, danke«, sagt Oma.

Sie reicht mir die Rettungsweste. Sie ist schon wieder getrocknet. Opa setzt die letzte Sommersprosse auf meine Stirn.

»Einundzwanzig Sommersprossen. Bitte sehr.«

»Danke, Opa.«

»Dann geht's los«, sagt er und steht auf.

Ich schlüpfe in die Rettungsweste. Oma zieht den Reißverschluss bis nach ganz oben. Und spannt die Gurte fest, sodass sie gut sitzt. Es ist ein bisschen zu stramm, aber ich sage nichts.

»Kommst du mit raus und winkst, Oma?«

»Selbstverständlich komm ich mit raus und winke.«

Ich gehe hinaus in den Flur und sehe mich nach meinen Schuhen um. Aber dann fällt mir wieder ein, dass sie noch ganz durchnässt sein müssen. Also schlüpfe ich in die Gummistiefel. Wenn Opa Stiefel anhat, dann trage ich auch welche.

»Hast du Mim heute schon gesehen, Oma?«

»Nein, sie war noch nicht da. Ich habe ihr schon Milch rausgestellt.«

»Was glaubst du, wo sie sein könnte?«

Oma schüttelt den Kopf.

»Ich weiß nicht. Sie wird schon zurückkommen.«

Ich frage mich, wo Mim sich wohl versteckt, und was sie gerade macht. Vielleicht ist sie traurig wegen der Kätzchen.

Ich gehe hinaus auf den Treppenabsatz. Dort stehen meine Turnschuhe mit dicken Zeitungspapierknäueln. Bestimmt können sie so besser trocknen. Zu Hause haben wir einen Schuhtrockner. Oma macht es auf die Omaart. Ich gehe hinaus auf den Rasen vor dem Haus und warte.

Oma kommt zuerst. Opa folgt nicht weit hinter ihr, denn ich höre ihn schon eines dieser Lieder singen, die nur er kennt. Oma kommt zu mir und flicht mir die Haare. Sie sagt nichts. Das Flechten sagt alles. Als Opa auf die Türschwelle tritt, trägt er seine Stiefel in der einen und Struppsocken in der anderen Hand. Er setzt sich auf die Treppe und sieht uns zu, während er singt und sich dabei Socken und Stiefel anzieht. Als er aufsteht, um die Tür hinter sich zu schließen, sehe ich, dass ein großes Preisschild hinten an seiner Latzhose hängt. *Halber Preis* steht dort. Ich muss lachen und flüstere es Oma zu. Sie findet es auch ein bisschen lustig. Opa hält inne und sieht uns an.

»Was ist denn?«

Wir verraten es ihm nicht.

»Was *ist* denn bloß?«

Opa schaut sich dort um, wo er gerade noch gesessen

hat, und bürstet sich mit der Hand durch das Haar. Als hätte er dort etwas.

»Es ist nichts«, sage ich und lache. »Komm schon, alter Mann.«

Oma und ich gehen hinunter zum Anleger. Opa kommt uns hinterhergeeilt.

»Was war denn bloß so lustig?«, fragt er wieder.

Ich finde es ein bisschen gemein, Opa nichts zu sagen, also muss ich es ihm erzählen. Ich bleibe stehen und warte auf ihn. Als er uns einholt, recke ich mich nach oben und schnappe mir das Preisschild.

»Du bist im Sonderangebot, Opa!«

Er sieht das Preisschild und lacht los. Dann brüllt er und will sich auf mich stürzen. Ich laufe an Oma vorbei, Opa ist mir auf den Fersen. Ich lache und laufe so schnell, dass ich auf den Anleger heraufstolpere. Dort bleibe ich liegen. Ich weiß, was er gleich tun wird. Er wird mich so doll kitzeln, bis ich ihn anflehe, aufzuhören. Um Gnade winsele. Es kribbelt wieder im Bauch.

Aber Opa kommt nicht. Oma auch nicht. Ich setze mich auf. Sie müssten schon längst hier sein. So schnell bin ich gar nicht gelaufen. Ich stehe auf und schaue um die Ecke des Bootshauses. Da ist niemand. Dann gehe ich wieder den Wiesenpfad hinauf. Vielleicht haben sie Mim gefunden? Ich sehe sie, als ich den Hügels hinaufgerannt komme. Opa liegt mit dem Rücken im Gras, halb aufrecht, stützt sich mit den Ellenbogen ab. Oma sitzt neben ihm. Ich höre sie reden. Opa sagt, dass alles in Ordnung ist. Oma erwidert etwas. Ich laufe zu ihnen.

»Was ist passiert, Opa? Bist du hingefallen?«

»Nein, nein. Ich musste mich nur kurz hinsetzen. Ich bin es nicht mehr gewohnt, so schnell zu laufen.«

»Opa muss ein bisschen langsam machen«, sagt Oma.

Ich setze mich neben ihm ins Gras.

»Tut dir etwas weh?«, frage ich.

»Mir geht's gut. Manchmal bekomme ich ein paar Schmerzen in der Brust. Aber das geht wieder vorbei.«

»Ich finde, du solltest dich ein bisschen hinlegen«, sagt Oma. Sie sagt es mit dieser Stimme, mit der sie auch mir sagt, dass ich nicht noch einmal ins Wasser springen soll, wenn ich vom vielen Baden schon blaue Lippen bekommen habe.

Opa steht auf. Er schwankt ein bisschen, denn er will sich nicht von Oma helfen lassen. Aber als er wieder auf den Beinen ist, sieht er gut aus.

»Sprechen wir nicht mehr darüber. Jetzt gehen wir auf Walsafari!«, sagt er.

Er nimmt mich an die Hand und gemeinsam gehen wir hinunter zum Anleger. Ich drehe mich um und sehe zu Oma. Sie sieht anders aus. Sie ist eigentlich immer so besonnen. Jetzt scheint es so, als wüsste sie nicht, was sie tun sollte. Als wären ihre Gedanken überall, nur nicht dort, wo sie gerade steht. Als sie bemerkt, dass ich sie ansehe, setzt sie ein Lächeln auf und kommt uns nach.

Am Anleger angekommen befestigt und strafft Opa das Tau vom Ruderboot richtig ordentlich. Es liegt immer noch mit dem Kiel nach oben im Wasser.

»Das machen wir heute Abend«, sagt Opa. »Das Boot hatte sowieso eine Dusche nötig.«

Er geht hinüber zum großen Boot. Er springt an Deck und geht ins Steuerhäuschen. Dann beginnt der Motor zu tuckern und Amor läuft. Opa lacht.

»Schaut mal! Schnurrt wie ein Kätzchen!«

Am Hinterteil des Bootes qualmt es ein bisschen. Aber das macht es anfangs immer. Dann tuckert der Motor ganz gleichmäßig. Es ist komisch, dass alle Boote Mädchen sind. Opa sagt immer *sie*, wenn er von seinem Boot spricht. Nie *er*. Ich habe ihn gefragt, warum, aber da hat er nur gesagt, dass es nunmal so ist. Bestimmt, weil es so viele Seemänner und gar nicht so viele Seefrauen gibt.

Opa kommt aus dem Steuerhäuschen und klettert wieder zurück auf den Anleger. Er holt den Rucksack mit unserem Proviant, der an der Wand des Bootshauses lehnt, und stellt ihn an Deck. Dann kommt er zu mir und hebt mich hoch.

»Freust du dich?«, fragt er.

»Darauf kannst du wetten.«

Opa trägt mich zu Oma.

»Dann stechen wir in See, hübsche Meerjungfrau.«

Opa formt einen Kussmund und lehnt sich zu Oma rüber. Sie lacht und schiebt ihn weg. Opa setzt mich wieder ab.

»Wir bleiben nicht lange weg. Wir sind wieder da, bevor es dunkel wird«, sagt er.

»Seid vorsichtig, alle beide.«

Oma schaut uns mit gewollt strengem Blick an.

»Und du«, ermahnt sie Opa, »du trägst gefälligst auch eine Rettungsweste.«

»Ganz ruhig. Alles ist gut. Ich bin in einem Boot zur Welt gekommen«, sagt Opa und verneigt sich vor Oma.

»Stimmt das, Oma?«

Sie schüttelt den Kopf und lächelt.

»Glaub ihm kein Wort, er ist ein Angeber.«

Ich bekomme eine lange Umarmung von Oma. Opa auch. Obwohl er ein Angeber ist.

Dann gehe ich zu dem vorderen Tau, an dem das Boot festgemacht ist. Opa löst das hintere und springt an Deck. Dann löse ich mein Tau und springe hinterher. Das Boot fährt rückwärts vom Anleger ab, dann wendet es und reckt die Nase Richtung offenes Meer hinter der Bucht. Ich stehe achtern und winke Oma zu. Sie winkt zurück.

»Viel Spaß!«, ruft sie.

Es ist immer etwas komisch, mit dem Boot rauszufahren, wenn jemand an Land bleibt und winkt. Irgendwie traurig, und dann auch wieder gar nicht traurig. Wir kommen schließlich zurück. Ich habe das schon oft gemacht. Bootsausflug mit Opa. Und wir sind immer mit richtig viel Fisch zurückgekommen.

Oma wird immer kleiner. Gerade als wir die Bucht verlassen kann ich erkennen, dass sie zurück zum Haus geht. Bis alles hinter den Felsen verschwindet und wir aufs offene Meer hinaus fahren. Jetzt sind hier nur noch Opa und ich.

OPA UND ICH

Im Steuerhäuschen hat Opa das Radio angestellt und hört den Wetterbericht. Er lehnt über dem Tisch, das Ohr beinahe direkt an den Lautsprecher gepresst. Als ich reinkomme, schaut er kurz auf und zwinkert mir zu. Die Stimme im Radio erzählt etwas von Wind und Seegang. Alle Namen klingen so lustig. Orte, die Fischgründe heißen. Gründe für Fische? Es ist unmöglich zu verstehen, was das alles bedeuten soll, aber Opa hört ganz genau zu. Ich warte, bis die Durchsage vorbei ist, bevor ich nachfrage.

»Verstehst du alles, was die da sagen?«

»Ich muss. Das ist der Wetterbericht. Heute Abend wird es windig. Und es soll regnen.«

»Ist das blöd für uns?«

»Wir sind vorher schon wieder zu Hause.«

Er schaltet das Radio aus und stellt den Bildschirm des Radars ein, der uns zeigt, wo wir uns befinden. Ich schaue auf den Kompass. Der Pfeil steht zwischen W und N.

»Fahren wir nach Westnord?«, frage ich.

»Ja, beziehungsweise Nordwest.«

Opa stellt mir wieder die Kiste hin. Die Beerdigung des Wals war erst gestern, aber es kommt mir vor, als wäre es schon viel länger her. Opa hatte auch da keine Rettungsweste an. Ich steige auf die Kiste und sehe ihn an. Er lächelt.

»Woran denkst du?«

»Ob du mir einen Gefallen tun könntest?«, antworte ich.

»Aber klar. Was denn?«

»Versprichst du mir, dass du es wirklich machst?«

»Selbstverständlich. Was kann ich tun?«

Opa ist neugierig. Ich bin unsicher, wie er reagieren wird.

»Ich will, dass wir beide Rettungswesten tragen.«

Mein Blick ist auf die Weste an der Türklinke gerichtet, als ich das sage. Ich will ihm nicht in die Augen sehen. Falls er Nein sagt. Opa dreht sich zur Weste um.

»Diese Weste hier funktioniert gar nicht. Die kann man nicht benutzen.«

Ich weiß nicht, was ich sagen soll. Oder wohin ich schauen soll. Ich hatte gehofft, Opa würde sich die Weste überziehen. Wegen Oma. Und meinetwegen. Ich versteh nicht, warum er eine Weste hat, die nicht funktioniert. Ich drehe mich weg und starre auf den Kompass.

Auf den Pfeil, der sich immer weiter Richtung N dreht. N für Nein. Ich will nicht, dass Opa mein Gesicht sieht, und dass ich es kaum schaffe, Luft zu holen, obwohl mein Mund offen ist. Ich stehe ganz still da und hoffe, dass es gleich vorübergeht.

»Übernimmst du für einen Moment das Steuer?«, fragt Opa.

Bevor ich antworten kann, hat er das Steuerhäuschen verlassen.

Ich nehme das Steuer in beide Hände. Über meine Schulter hinweg kann ich sehen, wie Opa die Luke zum Maschinenraum öffnet. Mehr kann ich nicht erkennen, weil ich das Boot zwischen W und N halten muss. Nordwest. Das ist heute nicht so leicht wie letztes Mal. Heute ist der Wellengang stärker. Ich spüre das Meer in meinen Händen. Als ob es mich mit Handschlag begrüßt. Durch das Steuerrad. Dann höre ich, wie Opa zurückkommt. Ich drehe mich um. Er steht in der Tür. Mit einer orangefarbenen Rettungsweste. So wie meine, nur größer. Er lächelt stolz.

»Hast du etwa eine richtige Weste, Opa?«

»Na klar«, sagt er lachend. »Glaubst du etwa, ich geh allein auf Fischfang ohne Rettungsweste?«

»Ich weiß nicht. Ich dachte immer, du benutzt diese«, sage ich und zeige auf die Weste an der Tür.

Opa lehnt sich zu mir rüber.

»Wenn ich diese alte da benutze, sinke ich direkt auf den Meeresboden.«

»Wirklich?«

»Sie treibt auf jeden Fall nicht mehr oben. Sie hängt dort nur zur Dekoration. Das ist meine allererste Weste gewesen. Als ich sie bekommen habe, war ich nicht viel älter als du.«

Da verstehe ich, warum Opa sie aufheben will, auch wenn sie keine besonders hübsche Dekoration ist. Aber das sage ich ihm nicht. Ich merke nur, dass mir das Atmen wieder leichtfällt. Opa zurrt die Gurte an der Weste fest. Dann öffnet er einen Schub unter der Bank. Er ist voll mit Karten und Dokumenten. Er scheint genau zu wissen, wonach er sucht. Als er es findet, schiebt er den Schub wieder zu und stellt sich neben mich. Dann breitet er die Karte neben dem Steuerrad aus. Er zeigt mir ein paar Inseln mitten im Blau.

»Hier«, sagt er. »Das ist unser Ziel.«

»Und wo sind wir jetzt?«

Opa dreht die Karte um. Er zeigt mir unsere Bucht mit dem Haus und welchen Weg wir nehmen, um zu unserem Ziel zu gelangen. Ich spähe aus dem Fenster. Ich kann immer noch Land sehen, aber wir sind schon ziemlich weit draußen.

»Wie lange dauert das?«, frage ich.

»Kommt darauf an, wie schnell du fährst.«

Opa grinst. Er öffnet den Schub neben dem Steuerrad. Dort liegt ein Fernglas.

»Wenn du willst, kannst du vorne den Ausguck übernehmen.«

Ich nehme das Fernglas. Betrachte es. Es ist nicht so schön wie das, das Oma und Opa zu Hause haben. Dieses hier sieht aus, als wäre es mehrmals runtergefallen. Aber das war zum Glück nicht ich.

»Wonach soll ich schauen?«

»Nach Walen.«

Es kribbelt im Bauch. Endlich darf ich nach Walen Ausschau halten. Wie eine echte Entdeckerin. Eine Walentdeckerin.

Ich gehe hinaus an Deck. Es ist ein bisschen windig, aber nicht kalt. Ich setze mich so weit wie möglich nach vorn. Am liebsten würde ich mich auf die Reling setzen und die Beine baumeln lassen, aber ich weiß, dass ich das nicht darf. Also versuche ich es gar nicht erst. Außerdem will ich heute nicht mehr baden, auch wenn die Rettungsweste funktioniert. Im Fernglas gibt es nur Meer. Keine Wale. Keine Boote. Keine Möwen. Ich sehe die Wellen. Hoch sind sie nicht. Aber hier und da haben sie weiße Schaumkronen. Das bedeutet, es weht eine Brise. Eine leichte Brise. Ich rufe Opa zu.

»Es herrscht leichte Brise, Opa!«

Ich höre ihn im Steuerhäuschen lachen.

»Du weißt bald mehr über das Meer als ich. Mein kleiner Seebär.«

Ich muss auch lachen. Opa nennt mich immer Seebär, wenn ich auf unseren Bootsausflügen etwas richtig mache. Das gefällt mir. Seebären wissen alles über das Meer. Sie kennen es wie ihren eigenen Bauchnabel. Das sagt Opa immer. Komisch, dass die ihren Bauchnabel so gut kennen. Aber ich glaube, ich weiß, was er meint.

Ich lege mich an Deck. Liege da und schaue hinauf in die Wolken. Schnuppere. Der Geruch des Bootes. Holz und Salzwasser. Farbe und Öl. Der Geruch von Ruhe. Ich denke an Mama. Ich wünschte, sie wäre jetzt hier. Aber Mama hat keine Zeit. Sie muss arbeiten. Sie hat seit Papas Tod fast die ganze Zeit gearbeitet. Ich glaube, sie hat früher nie so viel gearbeitet. Ich erinnere mich nicht so gut. Wir waren jedenfalls immer zusammen im Urlaub. Alle drei. Wenn ich an die Ferien zurückdenke, erinnere ich mich am besten an Papa. Das war mir vorher gar nicht so bewusst. Vielleicht, weil er nicht mehr da ist. Man erinnert sich leichter an diejenigen, die nicht immer da sind. Das merkt man auch beim Wachsen. Ich bemerke gar nicht, dass ich gewachsen bin, bis Oma sagt, dass ich größer geworden bin.

Bei Papas Beerdigung hat jemand eine Rede gehalten. Ich glaube, das war ein Freund von Papas Arbeit. Er sagte: *Die Besten gehen immer zuerst*. Das hab ich nicht verstanden. Ich verstehe es immer noch nicht. Wann ist zuerst? Und wer bestimmt, wer am besten ist? Menschen sind doch schon immer gestorben. Seit der Steinzeit. Dann müssen ja die Besten schon vor Ewigkeiten gegangen sein. *Wenn jemand stirbt, wird viel Unsinn erzählt*, hat Opa hinterher gesagt. Da standen nur noch er und ich an Papas Grab. Ich habe gar nichts gesagt. Ich wusste nicht, was ich darüber dachte. Jetzt weiß ich es. Ich bin ganz Opas Meinung.

Weit oben am Himmel sehe ich ein Flugzeug, das zwei weiße Streifen hinter sich herzieht. Flugzeugspuren. Sie sehen aus wie Schwanzflossen. Papa hat über Spuren gesprochen, als ich ihn einmal nach der Schule besucht habe. *Alle hinterlassen Spuren*, hat er gesagt. Das war traurig, aber seine Stimme hat mich beruhigt, obwohl er traurige Sachen sagte. Es war so schön, mit ihm gemeinsam dort zu sitzen. Nur wir zwei. Ich tat so, als wäre er nicht krank, sondern einfach nur ziemlich müde. Wie in einem Traum. Ein Traum, aus dem ich nicht aufwachen wollte. Bis es Abend wurde und ich nach Hause musste. Da habe ich ihm angesehen, dass Träume nicht wahr werden.

Ich frage mich, wohin das Flugzeug unterwegs ist. Und wer dort wohl drin ist? Vielleicht sitzt dort jemand und schaut hinunter auf unser Boot und fragt sich, wohin wir unterwegs sind. Was mir am Fliegen am meisten gefällt, ist, dass es so viel zu sehen gibt. So viel, dass man ganz vergisst, nachzudenken. Die Wolken, die einfach so mitten in der Luft hängen, ohne an irgendwas befestigt zu sein. Vielleicht kann man von dort oben sogar Wale sehen? Darauf muss ich mal achten, wenn ich das nächste Mal fliege.

Ich setze mich auf. Der Wind pustet mein Haar in alle Richtungen. Opa steht im Steuerhäuschen. Er grüßt mich, indem er seine Schirmmütze lüftet.

»Wollen wir eine Pause machen? Bevor wir da sind?«, ruft er.

Ich schüttele den Kopf.

»Fahr weiter! Wir haben keine Zeit.«

Opa lacht. Ich will jetzt nicht anhalten. Jetzt ist es nicht mehr weit, bis ich ein paar echte Wale sehen werde. Nicht im Fernsehen. Sondern in echt. Das ist ein gewaltiger Unterschied.

DIE WALE UND AMOR

Ich nehme das Fernglas und halte Ausschau, wie ein echter Seebär. Die Wellen mit den weißen Schaumkronen sind mehr geworden. Sie sehen aus wie schneebedeckte Berge, die sich immerzu verformen. Nirgends sind Wale zu entdecken. Aber weit draußen segeln viele Möwen. Sie kreisen alle über derselben Stelle.

»Opa, schau mal dort. Die Möwen.«

Opas Blick folgt meinem Zeigefinger. Er kommt aus dem Steuerhäuschen zu mir. Ich gebe ihm das Fernglas. Er schaut eine Weile in die Ferne.

»Genau dort wollen wir hin«, sagt er.

»Ja?«

»Ja. Dort sind die Wale.«

»Wirklich?«

Ich nehme ihm das Fernglas wieder ab. Ich sehe keine Wale. Dann merke ich, dass das Boot leicht die Richtung ändert. Opa ist wieder im Steuerhäuschen. Wir fahren direkt auf die Möwen zu. Mein Bauch freut sich.

»Was machen die? Die Möwen?«, frage ich.

»Sie fressen. Sie fressen die Beute der Wale. Fisch.«

»Dürfen die das?«

Opa lacht.

»Ich glaube, sie fragen gar nicht um Erlaubnis. Aber ich glaube auch, die Wale stört das gar nicht.«

Typisch Möwen. Sie fressen alles, was sie finden. Oder was andere finden. Eigentlich auch gut. Denn so räumen sie auf, wenn jemand etwas verkleckert. Und klauen ein bisschen, wenn die Gelegenheit günstig ist. Ich denke an die Möwe, die gestern auf dem Felsen gelandet ist. Vielleicht wollte sie eigentlich hierher. Um bei den Walen etwas Futter zu stibitzen. Ich glaube nicht, dass ich sie wiedererkennen würde. Man muss wohl eine Möwe sein, um andere Möwen unterscheiden zu können.

Und plötzlich schlägt eine Flosse durch die Wasseroberfläche. Dort ist ein Wal! Ein großer. Er bläst eine Wasserfontäne und die Möwen flattern auf.

»Siehst du, Opa? Dort ist ein Riesenwal! Fahr schneller!«

»Ich sehe ihn.«

Der Motor tuckert in kürzeren Abständen. Ich merke, wie das Boot Geschwindigkeit aufnimmt. Jetzt gibt Amor Vollgas. Die Liebe kommt angesaust! Ich senke das Fernglas und drehe mich zu Opa um. Er strahlt übers ganze Gesicht.

»Hast du Spaß?«, ruft er mir zu.

Ich halte meinen ausgestreckten Daumen in die Luft. Wie Piloten es tun. Oder Taucher. Oder Seebären. Dann sehe ich wieder durch das Fernglas. Dort sind mehrere Wale. Walnasen tauchen aus dem Wasser. Und Schwanzflossen. Es blubbert und spritzt. Der Schaum tanzt im Wind. Die Wale schwimmen nach oben, die Möwen stürzen sich in die Tiefe. Sie alle wollen Fisch. Die Wale in der Luft, die Vögel im Wasser. Ich habe Wale im Fernsehen gesehen. Aber das hier ist anders. Sie sind so viel größer. Amor wird langsamer. Wenn ich die Wale ohne Fernglas sehen kann, sind wir nicht mehr weit weg. Wenn ich wollte, könnte ich es schaffen, von hier aus zu ihnen zu schwimmen. Opa schaltet den Motor aus. Es wird ganz still. Nur der Wind, das Kreischen der Möwen und spritzendes Wasser. Und das Zischen, wenn die Wale ausatmen. Langsam treiben wir auf sie zu. Ich stelle mich auf die Seite des Bootes, die näher an ihnen dran ist. Opa kommt heraus und legt einen Arm um meine Schultern.

»Die sind schön, nicht wahr?«, sagt er.

Ich weiß nicht, was ich sagen soll. Es ist unmöglich, jetzt zu reden. Die Wale sind groß und prächtig. Viel größer als ich je gedacht hätte. Viel größer als der Schweinswal. Sie sehen dem Schweinswal gar nicht ähnlich. Aber ein kleiner Wal ist auch hier. Sicher ein Babywal.

»Da ist ein Baby!«, rufe ich und zeige in seine Richtung.

»Das ist ein Kalb«, sagt Opa.

»Heißt das Kind vom Wal Kalb? Wie bei Kühen?«

»Ja! Aber das ist keine Kuh.« Opa lacht.

Behutsam kneift er mir in den Nacken. Ich lehne mich an ihn. Dass ich bis jetzt nicht gewusst habe, wie toll Wale wirklich sind! Alle sollten einmal einen Wal getroffen haben.

»Hat Mama die Wale gesehen?«

»Da bin ich mir gar nicht sicher«, sagt Opa.

»Und Papa?«

»Dein Papa hat sie geliebt.«

Das hab ich mir schon gedacht, denn ich liebe sie auch. Und Papa und ich sind uns ähnlich.

Die Wale sind fertig mit ihrem Mahl. Nun gleiten sie langsam durch das Wasser. Ruhig. Still. Sogar die Möwen haben aufgehört zu schreien. Die meisten sind ihres Weges geflogen. Nur ein paar von ihnen dümpeln im Wasser. Opa und ich stehen immer noch an Deck. Auf beiden Seiten des Bootes ziehen Wale vorbei. Vielleicht glauben sie, dass das Boot ein großer Wal ist. Einer, den sie vorher noch nie getroffen haben. Mit zwei kleinen Walen obendrauf. Kälbern. Dann verschwinden sie im Wasser. Alle gleichzeitig. Es ist, als wären sie nie hier gewesen. Es ist so windig, dass ich den Unterschied zwischen Walblasen und Wellen nicht erkennen kann. Ich spüre wieder den Kloß im Magen. Sie sind verschwunden, bevor ich mich verabschieden konnte. Doch plötzlich ragt wieder eine Walnase aus dem Wasser. Es spritzt nicht. Ganz ruhig gleitet er auf uns zu. Als ob er nachsehen will, wer wir sind. Ohne nachzudenken lehne ich mich über den Rand des Bootes. Opa hält mich am Gurt der Weste fest. Er zieht mich nicht zurück. Er hält mich nur, ohne ein Wort zu sagen. So weit ich kann, strecke ich mich nach vorn zum Wal. Es sieht so aus, als würden wir dasselbe tun. Uns zueinander hinstrecken. Und da spüre ich die Walnase an meiner Hand. Sie ist kalt und rau. Es kommt mir so vor, als könne der Wal meine Gedanken lesen. Als wüsste er, dass ich davon geträumt habe, ihn zu berühren. Dann sinkt er zurück ins Wasser und verschwindet. Was bleibt, sind Schaum und Blasen.

Opa zieht mich zu sich. Ich schaue zu ihm auf. Er hat Tränen in den Augen. Als hätte der Wal uns ein Geschenk gemacht. Nur uns beiden.

Plötzlich kommt ein riesiger Schatten in rasender Geschwindigkeit an die Wasseroberfläche. Der Wal springt mit dem Kopf voran in die Luft, nur ein paar Meter vom Boot entfernt. Ich kann die weißen Muscheln an seinem grauen Unterleib erkennen. Mit einem Knall landet er auf der Wasseroberfläche. Wasser und Schaum spritzen ins Boot. Überall Wasser. Opa und ich lachen, obwohl wir klitschnass sind. Stell dir mal vor, du wirst von einem Wal geduscht! Ich freue mich schon, Oma davon zu erzählen. Und Mama.

Walnasen oder Flossen tauchen immer seltener auf. Die Wale ziehen weiter, entfernen sich vom Boot. Schwimmen in die Tiefe.

»Wollen wir ihnen folgen?«, frage ich.

Opa schüttelt den Kopf.

»Ich glaube, jetzt ist erst mal genug.« Er lächelt.

»Tschüss, Wale!«, rufe ich.

Sie antworten nicht, aber ich sehe ein Stück von uns entfernt noch einmal eine Schwanzflosse auf die Wasseroberfläche schlagen. Als würde der Wal mir zum Abschied winken. Ich weiß, dass er es nicht wirklich tut, aber der Gedanke ist schön. Dass Wale winken können.

»Hast du gesehen, wie ich ihn berührt habe, Opa?«

»Ja. Ich glaube, du bist die Einzige, die ich kenne, die einen Wal gestreichelt hat.«

»Wirklich?«

Ich kann mich nicht erinnern, jemals so glücklich gewesen zu sein. Es fühlt sich an, als würde mein ganzer Körper strahlen. Ich umarme Opa ganz fest. Er lacht und hebt mich hoch.

»Ich glaube, du wirst mal ein richtig guter Seemann, wenn du groß bist.«

»Ja, aber ich will eine Seefrau sein, kein Seemann.«

»Ganz deiner Meinung«, sagt Opa und setzt mich wieder ab.

Jetzt ist das Wasser gar nicht mehr so blau. Ich schaue nach oben und verstehe, warum. Der Himmel ist dunkelgrau. Das muss passiert sein, als wir nur Augen für die Wale hatten. Opa bemerkt es auch.

»Es wird gleich regnen«, sagt er.

»Das macht nichts, wir sind ja sowieso nass, Opa.«

Opa geht ins Steuerhaus und schaltet das Radio ein. Die Wale sind weg. Ich bleibe an Deck stehen und hoffe, dass sie noch ein letztes Mal auftauchen. Aber sie sind davongeschwommen. Vielleicht sind sie jetzt ganz tief unten im Meer. Auf dem Weg nach Hause. Wenn sie denn ein Zuhause haben. Ich glaube eigentlich, dass sie überall leben. In allen Meeren. Das muss toll sein, selbst zu entscheiden, in welchem Meer man schlafen will. Als hätte man sein eigenes Bett bei allen, die man kennt.

Das Merkwürdige am Wetter ist, dass es sich so schnell ändern kann. Besonders draußen auf dem Meer. Eben noch blauer Himmel mit nur einer Wolke, und plötzlich ist alles voller Wolken. Wie jetzt, als der eben noch hellblaue Himmel plötzlich dunkelgrau geworden ist. Auch der Wind weht stärker als noch vor einer Weile. Das Boot wiegt leicht hin und her. Zum Glück kann ich hören, wie Amors Motor anläuft. Qualm steigt hinten aus dem Boot, so wie immer. Aber dann stoppt er. Ich sehe zu Opa im Steuerhäuschen. Er versucht, das Boot erneut zu starten. Aber der Motor will nicht. Er hustet und qualmt. Opa versucht es immer wieder, aber nichts passiert. Er sieht zu mir und lächelt, aber das ist kein echtes Opalächeln. Es huscht nur schnell über die Lippen.

»Was ist los, Opa?«, frage ich.

Wieder leiert der Motor, ohne anzuspringen. Opa kommt aus dem Steuerhäuschen.

»Der Motor startet nicht. Das ist los«, sagt er.

Opa wirkt ganz anders. Vor einem Moment noch standen wir eng beieinander und haben den Walen zugesehen. Jetzt scheint es, als hätte er das vergessen. Er geht zur Luke, die zum Motorraum herunterführt. Er verschwindet im Bauch des Bootes. Wenn nun der Motor nicht startet? Wenn wir nun rudern müssen? Ich glaube nicht, dass man so ein großes Boot rudern kann. Weiß nicht mal, ob wir überhaupt Ruder haben. Ich halte nach der Küste Ausschau. Aber wir sind viel zu weit draußen. Es sind auch keine anderen Boote zu sehen. Das Meer ist beinahe schwarz und nun haben alle Wellen weiße Schaumkronen auf. Der Himmel ist total dunkel geworden. Ein Regentropfen fällt mir auf die Nase.

»Es fängt an zu regnen!«, rufe ich.

Opa steckt den Kopf aus der Luke. Seine Wange ist ölbeschmiert.

»Geh du mal solange ins Steuerhäuschen.«

Dann verschwindet sein Kopf wieder. Ich gehe rein. Weil Opa nicht mit mir hier ist, kommt es mir vor, als wäre ich ganz alleine draußen auf dem Meer. Es fühlt sich an wie ein Traum, nur dass ich nicht träume. Aber immerhin riecht es hier nach Opa. Zum Glück. Und ich kann hören, dass er an irgendetwas herumwerkelt. Unter meinen Füßen. Die Regentropfen platschen an die Fenster und rinnen herunter. Wenn ein Windstoß kommt, laufen sie quer über die Scheiben. Mein Blick fällt auf das Radio und ich drehe an dem Knopf, den Opa gerade eingeschaltet hat. Die Stimme verschwindet. Jetzt rauscht es nur noch. Ich merke, wie ich langsam hungrig werde. Aber ich will nicht ohne Opa essen. Das Wichtigste ist jetzt, dass wir das Boot wieder flott kriegen.

»Versuch' jetzt mal, das Boot zu starten, mein Mädchen!«, ruft Opa mir von unten zu. Ich schaue mir die Knöpfe und Schalter neben dem Steuerrad an. Nirgendwo steht *Start*. Auch ein Schlüssel steckt nirgends, wie normalerweise in Autos. Ich drehe mich zur Tür und rufe zurück.

»Wo schalte ich es denn ein?«

Opas Kopf taucht wieder aus der Luke auf. Jetzt regnet es richtig doll, denn sein Gesicht wird sofort nass.

»Es ist der rote Schalter unter dem Steuer. Dreh ihn mal nach rechts.«

Er zeigt nach links. Aber sobald ich mich umgedreht habe, stimmt die Richtung wieder.

Ich sehe den Schalter. Er zeigt nach oben.

»Jetzt?«, rufe ich.

»Ja!«, brüllt Opa.

Ich drehe ihn. Der Motor hustet und läuft an. Dann knallt es und alles wird still.

»Opa?«, rufe ich.

»Alles in Ordnung. Keine Sorge. Ich habe den Fehler gefunden. Dreh den Schalter wieder zurück.«

Ich tue, was er sagt. Jetzt kann man aus den Fenstern des Steuerhäuschens kaum noch etwas erkennen. Der Regen prasselt und der Wind bläst stark.

»Ich dachte, das schlechte Wetter kommt erst heute Abend!«, rufe ich.

Opas Kopf lugt wieder aus dem Maschinenraum hervor. Beinahe sein ganzes Gesicht ist jetzt schwarz.

»Das haben sie auch *gesagt*, beim Wetterbericht.«

Er schaut hinauf in den Himmel und schüttelt den Kopf.

»Nur noch fünf Minuten, dann sind wir wieder auf dem Nachhauseweg. Alles in Ordnung bei dir?«

Ich nicke. Opa nickt. Und lächelt. Diesmal ein richtiges Lächeln. Dann verschwindet er wieder, zurück zum Motor.

Es dauert länger als fünf Minuten. Die Wellen sind größer geworden. Hoch und voller Schaum. Dann herrscht jetzt eine mäßige Brise. Oder eine frische Brise. Das ist der nächste Schritt auf der Skala. Der Wind greift nach dem Boot und wiegt es hin und her. Ich versuche, das Gleichgewicht zu halten, ohne mich am Steuerrad festzuklammern. Das geht gerade so. Angst habe ich nicht. Denn ich weiß, dass Opa sein Bestes gibt mit dem Motor. Er bekommt es immer hin, auch wenn es manchmal etwas dauert.

»Versuch's nochmal«, ruft er.

Ich drehe an dem roten Schalter. Der Motor springt sofort an, aber dann röchelt er und verstummt. Schon wieder. Aus dem Maschinenraum steigt blauschwarzer Rauch auf, und es riecht nach Abgasen. Opa hustet von dort unten.

»Noch einmal«, ruft er und hustet lauter.

Ich atme tief ein und schließe die Augen. Dann drehe ich an dem Schalter.

Der Motor tuckert los, als hätte er nie etwas anderes getan. Es qualmt wieder ein wenig, aber er tuckert hübsch vor sich hin. Ich höre Opa unten im Bauch des Bootes lachen. Sein Kopf taucht wieder aus der Luke auf. Seine Zähne scheinen ganz weiß aus dem ölverschmierten Gesicht. Ich laufe hinaus, um ihn zu umarmen. Hinaus in den Regen. Aber an Deck ist es glatt und der Wellengang erschwert das Laufen. Ich falle auf den Po und rutsche auf Opa zu. Er fängt mich mit beiden Händen. Zum Glück habe ich mich nicht gestoßen.

»Hast du dir wehgetan?«, fragt er.

Ich schüttele den Kopf und lächle, dann umarme ich ihn. Auch wenn ich selbst schwarz werde. Und auch wenn wir beide noch nasser werden, als wir es schon sind.

»Jetzt müssen wir Kurs auf zu Hause nehmen. Ich glaube, hier braut sich ein Unwetter zusammen. Doch zuerst …«

Er holt eine Rolle mit einem grünen Tau hervor, das an einem Haken an der Innenseite der Luke festgemacht ist. Er knotet eine Schlaufe ins Tau und bindet sie mir um die Hüfte.

»So. Damit du mir nicht ins Meer geweht wirst.«

»Und du? Was ist mit dir?«

Opa sieht mich an. Dann lächelt er und nimmt das andere Ende des Taus. Das knotet er um seine Hüfte.

»Sicherheitsleine heißt dieses Tau«, sagt er.

»Nun sind wir miteinander verknotet, Opa.«

»Ja! Solange, bis wir wieder zu Hause sind.«

Ich stehe auf und schaffe es, zurück ins Steuerhäuschen zu gehen, ohne hinzufallen. Ich bin nass bis auf die Haut. Opa schließt die Luke zum Maschinenraum. Dann kommt auch er ins Steuerhäuschen. Im untersten Schub findet er ein Handtuch und reicht es mir. Es ist ein bisschen fleckig, aber das macht nichts. Ich trockne meine Haare und das Gesicht. Das Handtuch wird ganz schwarz von Opas Umarmung und den Sommersprossen, die er mir vor unserer Abfahrt aufgemalt hat. Die hatte ich schon wieder ganz vergessen. Während ich mich abtrockne, legt Opa einen Gang ein, damit das Boot sich vorwärtsbewegt. Er schaltet den Radarbildschirm an, und wir können sehen, wo wir sind. Endlich nehmen wir Kurs auf zu Hause. Die Wellen werden immer höher. Das Boot schaukelt auf und ab, der Regen trommelt gegen die Fensterscheiben. Vor nur wenigen Stunden war noch richtig schönes Wetter. Als ich mich fertig abgetrocknet habe, nimmt Opa das Handtuch und rubbelt sich das Gesicht ab. Das hilft. Er sieht langsam wieder aus wie er selbst. Das Handtuch sieht eher aus wie ein schwarzer Lappen. Opa schaut von dem Lappen zu mir.

»Du solltest mal anfangen, dich besser zu waschen«, sagt er und zwinkert.

»Du bist doch derjenige, der so schwarz ist, Opa! Du nimmst erst einmal ein Bad, wenn wir heimkommen.«

Er zieht mich an sich, mit der Hand, mit der er nicht das Steuerrad hält.

»Hattest du Angst?«, fragt er.

»Nein, nein. Ich hab einfach gemacht, was du mir beigebracht hast: Immer dran denken, es könnte auch schlimmer kommen.«

»Und was wäre schlimmer gewesen?«

Opa sieht mich neugierig an.

»Es hätte schneien können.«

Opa bricht in schallendes Gelächter aus. Dann wuschelt er mir durchs Haar.

»Jetzt brauchen wir mal etwas Warmes zu trinken«, sagt er.

Ich schaue mich nach dem Rucksack um. Aber er ist nicht hier im Steuerhäuschen.

»Wo ist der Rucksack?«, frage ich.

»Oh, den habe ich vergessen. Der steht noch an Deck. Übernimmst du das Steuer, dann hole ich ihn. Du musst mit beiden Händen gut festhalten.«

Ich halte das Steuerrad. Nun kann ich die Wellen wirklich richtig spüren. Zum ersten Mal steuere ich ein Boot bei so starkem Wind.

»Was ist mit dem Kompass?«, frage ich.

»Halte Kurs auf E. E steht für Osten.«

Opa geht hinaus an Deck. Mein Blick ist auf den Kompass gerichtet. Bei jeder Welle springt der Pfeil auf Süden. Also muss ich in die andere Richtung lenken. Gen Osten. Es ist nicht so schwer, aber man muss gut aufpassen. Ich versuche, nach Osten zu lenken, bevor die Wellen sich aufbäumen. Jetzt kommt eine hohe Welle. Ich spüre, wie das Boot sich nach Süden wenden will, aber ich halte dagegen an. Ein echter Kapitän lässt das Steuerrad nicht los.

DER STURM

Dann geschieht es. Eine große Welle schlägt über die Reling. Wasser spritzt an die Fenster. Ich sehe nichts. Ich versuche, das Steuerrad zu drehen, aber es gehorcht mir nicht. Der Kompass zeigt nicht länger auf E. Der Pfeil schnellt auf W zu. Ich schaffe es nicht, dagegenzuhalten, das Steuer rutscht mir aus den Händen. Bevor ich es wieder zu greifen kriege, geht ein Ruck durch mein Tau und ich werde aus dem Steuerhaus gezogen. Ich lande bäuchlings auf dem Deck. Dort sehe ich Opas Kaffeekanne. Sie rollt vor und zurück. Die Luke zum Maschinenraum steht offen und Wasser strömt hinein. Der Regen peitscht mir ins Gesicht. Ich drehe mich auf den Rücken, um nach Opa Ausschau zu halten, aber er ist nicht da. Alles was ich sehen kann, ist das Tau. Das andere Ende der Sicherheitsleine, an dem Opa festgeknotet ist, hängt überm Dollbord. Opa ist ins Meer gefallen!

Ich schreie, aber meine Stimme wird vom Wind verschluckt. Ich versuche aufzustehen, aber sofort strafft sich das Tau und ich werde über das Deck auf die andere Seite des Bootes gezogen. Dort gelingt es mir, mich am Dollbord festzuhalten, bevor eine neue, eiskalte Welle über mich hereinspült. Meine Augen brennen. Ich halte mich an meinem Tau fest. Stehen ist kaum möglich, weil das Boot so stark hin- und her schaukelt. Als ich mich gerade nach vorne beuge, um nicht zu fallen, entdecke ich Opa in seiner orangefarbenen Rettungsweste. Er treibt auf dem Rücken in den Wellen. Es sieht aus, als würde er schlafen. Ich rufe so laut ich kann, aber Opa hört mich nicht. Keiner hört mich. Meine Rufe werden vom Wind und Regen und Meer verschluckt. Wieder wendet sich das Boot und wieder falle ich und lande auf den Knien. Es tut so weh, dass mir kurz der Atem stockt. Ich beiße die Zähne zusammen, um nicht zu weinen. Ich muss Opa wieder ins Boot kriegen.

Ich klammere mich am Dollbord fest und versuche, mich an ihm hochzuziehen. Mehrmals verliere ich den Halt, bevor ich endlich wieder auf die Füße komme. Dann ziehe ich mich an dem Tau hoch, das Gewicht nach hinten verlagert. Eine weitere Welle peitscht übers Deck. Wieder verliere ich den Halt und werde bis ans Achterdeck gespült. Überall ist Wasser. Ich schlucke Salzwasser und muss mich übergeben. Gelber Schleim, der im Hals brennt.

Ich schaffe es, mich wieder an die Reling zu klammern

und klemme meine Füße unter ihr fest. Ich spanne meinen ganzen Körper an und ziehe mit aller Kraft an dem Tau. Meine Arme zittern. Die Handflächen brennen. Das Tau färbt sich rot von dem Blut zwischen meinen Fingern. Ich versuche, einen Knoten zu schlagen, damit ich das Tau besser greifen kann, aber meine Hände sind eiskalt. Es gelingt mir nicht, den Knoten fertig zu schlagen, bevor mir das Tau wieder aus den Händen rutscht. Es gelingt mir nicht, es festzuhalten. Ich rutsche übers Deck und halte das Tau. In meinen Knien puckert es, aber das ist jetzt egal. Wieder rufe ich nach Opa, und wieder antwortet nur das Meer. Ich ziehe und ziehe. Das Meer darf ihn nicht mit sich in die Tiefe reißen. Opa darf nicht sterben. Niemand darf mehr sterben.

Zwischen jeder Welle, die über das Boot hereinbricht, schaffe ich es, mir genug Tau um den Arm zu wickeln, damit es mir nicht wieder entwischt. Langsam treibt Opa näher heran. Ich ziehe mit aller Kraft, so lange, bis Opa ganz nah am Boot ist. Jetzt wird er nicht mehr im Meer verschwinden. Jetzt werde ich ihn wieder zurück ins Boot ziehen. Und dann fahren wir nach Hause zu Oma. Und alles wird gut.

Ich drücke mich nach oben und lehne mich über die Reling. Opa liegt direkt unter mir im Wasser. Er sieht verfroren und bleich aus. Ich strecke mich so weit wie möglich vor, um nach seiner Rettungsweste zu greifen.

Ich versuche, ihn hochzuziehen, aber er ist so schwer, dass mir ganz schwarz vor Augen wird. Ich habe keine Kraft mehr. Ich bin nicht stark genug. Ich schreie ihn an, damit er aufwacht. Schreie, dass ich das nicht alleine schaffe. Aber Opa antwortet nicht.

Es ist unmöglich. Ich schaffe es nicht. Ich sinke auf dem Deck zusammen. Ich zittere vor Kälte. In meinen Ohren rauscht es. Der Kloß in meinem Hals drückt sich nach oben. Ich kann es nicht mehr zurückhalten. Tränen vermischen sich mit Salzwasser. Ich hasse das Meer. Ich hasse Papa. Warum ist er jetzt nicht hier? Warum hilft er mir jetzt nicht? Dazu sind Väter doch da. Sie haben nicht zu sterben. Sie haben da zu sein und aufzupassen. Ich will das alles nicht alleine machen. Ich will nicht mehr …

Eine neue Welle bricht über mich herein. Ich sehe hinunter auf meine Hände. Sie sind weiß und runzelig. Sie halten das Tau immer noch fest. Blut läuft an ihnen herunter, aber es tut nicht mehr weh. Nichts tut weh. Wir sollten jetzt zu Hause sein. Opa sollte jetzt Kaffee trinken. Und ich Kakao. Und Opa sollte jetzt das Alphabet rülpsen, denn manchmal macht er solchen Quatsch am Kaffeetisch. Und Oma sollte jetzt sagen, dass er aufhören soll. Und ich sollte lachen und Oma von den Walen erzählen.

Ich denke an Mama. Mama ist zu Hause und weiß

von nichts. Denkt, alles wäre in Ordnung. Was soll sie jetzt machen?

Da fällt mir wieder die große Spule ein, mit der Opa den Wal heraufgezogen hat. Mit der kann ich Opa hochziehen! Ich kann jetzt noch nicht aufgeben. Ich blicke hinüber zum Steuerhäuschen. Die Spule ist auf der anderen Seite. Ich rolle das Tau ab, das ich um meinen Arm gewickelt habe und robbe übers Deck aufs Steuerhäuschen zu. Jedes Mal, wenn eine neue Welle kommt, muss ich die Luft anhalten, um nicht noch mehr Salzwasser zu schlucken. Als ich die Tür erreiche, halte ich mich am Rahmen fest und zieh mich an ihm hoch. Ich kann kaum stehen, weil meine Beine so zittern. Ich lege mir das Tau über die Schultern und stemme mich nach vorn bis auf die andere Seite des Steuerhäuschens. Wasser schäumt um meine Füße. Als ich um die Ecke bin, werfe ich mich nach vorn und halte mich an der Spule fest. Eine neue Welle spült über die Reling. Bevor die nächste kommt, wickele ich das Tau mit beiden Händen in die Spule ein.

Ich habe kein Gefühl mehr in den Händen, aber ich schaffe es, das Tau zu befestigen. Dann drücke ich den roten Schalter nach oben. Die Spule beginnt, sich zu drehen. Es funktioniert! Das Tau spult sich auf. Opa wird an der Sicherheitsleine an Bord gezogen. Ich halte das Tau und sehe, wie seine Rettungsweste oben an der Reling auftaucht.

Dann fällt er über das Dollbord an Deck. Obwohl Wind und Meer brüllen, höre ich den dumpfen Aufprall, als er auf dem Deck landet. Ich lege den roten Schalter um und die Spule stoppt. Dann falle ich auf die Knie und rutsche hinüber zu Opa. Ich greife ihm unter die Arme und schleppe ihn, bis ich mich mit dem Rücken an der Wand des Steuerhäuschens lehnen kann. Ich wickle das Tau um uns herum. Ich weiß nicht, ob ich lache oder weine. Vielleicht beides. Wir haben es geschafft. Nun geht Opa nirgendwo hin. Ich hab ihn. Und ich werde ihn festhalten, bis alles vorbei ist.

HOFFNUNG

Alles ist erleuchtet. Flackerndes Licht von oben. Wie eine große Taschenlampe mit Flügeln, die über uns fliegt… Er hat Ähnlichkeit mit Papa und trägt einen Helm auf dem Kopf. Er lächelt mich an. Lächelt und zeigt nach oben. Ich schaue auf. Sieht so aus, als schiene die Sonne. Mitten in der Nacht. Er ruft mir etwas zu. Ich kann es nicht verstehen. Der Wind tost in meinen Ohren. Er will Opas Tau abwickeln. Ich versuche, ihn wegzuschubsen. Niemand nimmt mir Opa weg. Ich schreie ihn an, dass er das nicht darf. Schreie, bis ich keine Stimme mehr habe. Dann schließe ich die Augen. Aber ich lasse nicht los. Ich lasse nicht los …

STILLE

Ich schwimme. Schwimme durch die Luft. Zwischen Walen und Möwen. Mein Körper ist ganz warm und fühlt sich gut an. Die Sonne scheint. Kein Regen oder Wind. Nur Sonnenschein. Opa schwimmt auch. Auf dem Rücken. Er winkt mir zu. Und Papa. Mein Papa. Er gleitet zwischen den Walen. Seine Augen strahlen vor Glück. Er lächelt und segelt davon. Papa, Opa, Wale und Möwen.

Dann bin da nur noch ich. Und eine Stimme, weit entfernt. Eine Stimme, die ich nicht kenne. Ich versuche zu verstehen, was sie mir sagt, aber sie wird immer schwächer. Bis sie sich ganz weit entfernt und verschwindet.

ALS ALLES VORBEI IST

Es ist dunkel und still. Nur ein stetiges Tropfen ist zu hören. Es fühlt sich so an, als läge ich in einem Bett. Ich kann es nicht mit Sicherheit sagen, denn irgendwas ist an meinen Händen. Vorsichtig mache ich die Augen auf. Zunächst ist alles blendend weiß. Dann werden die Dinge um mich herum deutlicher. Ich liege in einem weißen Zimmer mit Fenstern auf einer Seite. Das sieht nicht aus wie mein Zimmer. Nicht wie das bei uns zu Hause und nicht wie das bei Oma und Opa. Meine Hände sind in dicke Verbände eingepackt. Von der einen Hand führt ein Schlauch zu einem Stativ, an dem ein Beutel hängt. Der Inhalt des Beutels sieht aus wie Wasser. Ich bin im Krankenhaus. Das Krankenhaus aus meinem Traum. Der Traum, in dem Papa draußen in dem hohen, gelben Gras steht. Träume ich? Ich muss nachsehen. Muss schauen, ob er da ist. Ich schlage die Bettdecke zur Seite und setze mich auf. Mein Rücken tut weh. Ich trage ein Nachthemd, auf dem etwas in blauer Schrift geschrieben steht. Ich kann es nicht lesen. Meine Knie sind auch bandagiert. Der Fußboden ist kalt. Ich friere, und mir wird schwindelig vom Stehen, aber ich muss ans Fenster. Vorsichtig mache ich die ersten Schritte. Ich muss die Füße anheben, damit sie mitkommen. Der Schlauch an meiner Hand spannt sich. Es ist dieses Stativ mit dem Wasserbeutel. Ich ziehe am Schlauch und das Stativ rollt hinter mir her. Wie ein Hund an der Leine.

Vor dem Fenster gibt es keine Wiese. Dort ist nur ein Parkplatz. Auf dem fünf Autos stehen. Kein Papa. Ich drehe mich um und schaue mir das Zimmer an. Es ist dasselbe. Keine Frage. Nur vor dem Fenster ist alles anders. Und der Tisch neben dem Bett. Der war vorher auch noch nicht da. Auf dem Tisch liegt ein grüner Tampen. Er ist trocken und steif und mit roten Flecken übersät. Ich schnuppere an ihm. Er riecht nach Meer. Ich träume nicht.

Ich setze mich wieder ins Bett und decke mich zu. Wo sind denn alle? An der Wand hinter mir ist ein roter Knopf. *Hilfe* steht auf ihm geschrieben. Vielleicht sollte ich drücken? Um zu hören, ob jemand da ist? Aber Hilfe brauche ich ja eigentlich nicht.

Es klopft. Eine in Weiß gekleidete Frau kommt herein. Sie hält sofort inne, als sie mich sieht. Dann lächelt sie. Ihr dunkles Haar hat sie in einem Pferdeschwanz zusammengebunden. Er wippt auf und ab, wenn sie sich bewegt. Sie sieht lieb aus.

»Hallo, kleine Heldin. Bist du etwa wach?«

Sie geht ums Bett herum und drückt sanft meine linke Hand.

»Ich bin deine Krankenpflegerin. Wie geht es dir? Hast du Durst?«

Ich räuspere mich und versuche, etwas zu sagen, aber meine Stimme ist rau. Also nicke ich lieber.

»Warte einen Moment«, sagt sie und verschwindet.

Ich habe keine Ahnung, wie lange ich warte. Das ist schwer zu sagen, wenn nichts passiert. Dann klopft es wieder. Aber die Krankenpflegerin kommt nicht herein. Stattdessen klopft es ein zweites Mal. Vorsichtig geht die Tür auf, und da steht Oma. Sie strahlt über das ganze Gesicht. Sie schließt die Tür hinter sich, bleibt mitten im Zimmer stehen und sieht mich an. Ich weiß nicht warum, aber plötzlich ist um mich herum alles verschwommen und mein Hals tut weh. Oma kommt auf mich zugeeilt und drückt mich an sich. Die Tränen laufen mir die Wangen runter und auf Omas Jacke. Ich weine und ich kann nicht aufhören. Oma sieht mich an. Sie weint auch und drückt mich erneut an sich. Fest und lange. Immer und immer wieder. Es tut gut, so festgehalten zu werden. Niemand sagt etwas. Nur unser Weinen erfüllt den Raum. Ich kann gar nicht aufhören. Obwohl ich will. Aber ich muss fragen, ich muss wissen, warum sie alleine gekommen ist …

»Wo ist O …«

Mehr kriege ich nicht hervor. Ich presse mich ganz eng an Oma. Will die Antwort gar nicht hören. Mein ganzer Körper bebt. Ich bin ein einziges Weinen. Ein Weinen, das viel zu lange eingeschlossen war. Bis es einfach nur noch aus mir herausplatzte Oma wischt mir mit der Hand die Tränen von meinen Wangen. Durch den Tränenschleier hindurch lächelt sie mich an.

»Opa geht es gut. Er hatte so Angst um dich.«

Da weine ich nur noch mehr. Noch lauter. Ich weine und lache. Opa geht es gut. Ich schlinge meine Arme um Oma und spüre, wie der Atem mich wieder durchströmt und mein Körper sich beruhigt.

Die Krankenpflegerin kommt zurück. Sie hat ein Glas mit gelbem Saft dabei. Ich mag gelben Saft, denn den gibt es bei uns zu Hause nie. Oma setzt sich ans Fußende des Bettes und hält meine Füße unter der Decke, während ich trinke. Ich leere das Glas in einem Zug. Der gelbe Saft schmeckt nach nicht so viel, aber es ist besser, als immer nur Salzwasser zu trinken.

Die Krankenpflegerin nimmt mir das Glas ab und fühlt meine Stirn mit der Hand. Sie lächelt wieder.

»Jetzt kommt gleich eine Ärztin, die dich untersuchen wird.«

Sie erinnert mich ein bisschen an Mama. Abgesehen davon, dass Mama blonde Haare hat und ganz anders aussieht.

In dem Moment, in dem sie die Tür öffnet, kommt eine neue Frau herein. Erst denke ich, dass sie sich verlaufen hat, weil sie ganz normale Kleidung trägt. Aber dann sehe ich, dass ein Schild an ihrer Brust befestigt ist. Sie lächelt Oma an und kommt dann zu mir.

»Hallo, ich bin Gerdur. Ich bin die Ärztin und habe schon nach dir gesehen, seit du zu uns gekommen bist.«

Sie hat eine tolle Stimme. Sie setzt sich auf die Bettkante, gegenüber von Oma.

»Hast du irgendwelche Schmerzen?«, fragt sie.

Ich weiß nicht recht, wie ich darauf antworten soll, denn mir tut es überall ein bisschen weh. Ich schüttele den Kopf. Sie lächelt so breit, dass ich ihre Zähne sehen kann. Sie hat eine kleine Lücke zwischen den Schneidezähnen. Mein Blick fällt auf die Bettdecke. Da steht auch etwas in blauen Buchstaben, die ich nicht lesen kann.

»Du hast dir einige Verletzungen zugezogen. Und einige Schnittwunden an Händen und Knien. Aber das wird alles wunderbar heilen.«

Sie kontrolliert den Schlauch, der in meine Hand hineinführt. Dann streicht sie mir sanft über das Handgelenk. Als wäre ich eine Katze. Ich schaue hinauf zu dem Beutel, aus dem der Schlauch kommt.

»Das ist Salzwasser«, erklärt sie und lächelt. »Dein Körper braucht das jetzt.«

Ich sage nichts.

»In ein paar Tagen darfst du nach Hause. Klingt das gut?«

Ich nicke und schaue zu Oma. Sie nickt auch und lächelt.

»Und weißt du was?«, fährt Gerdur fort.

Sie sieht mir direkt in die Augen. Ihre Augen sind braun. Wie Papas. Ich schüttele vorsichtig den Kopf.

»Du bist das stärkste Mädchen, das ich je getroffen habe …«

Sie hat Sommersprossen auf der Nase. So wie die, die Opa mir aufgemalt hat, nur dass ihre echt sind.

»Aber niemand muss die ganze Zeit stark sein. Dann ist man irgendwann ganz erschöpft. Manchmal müssen wir einfach sein, wie wir sind. So sein, wie wir uns tief innendrin fühlen. Verstehst du?«

Wieder laufen mir die Tränen übers Gesicht. Keine Ahnung, warum. Vielleicht wollen sie das selbst so. Sie sind bereit. Bereit zu zeigen, wie es mir geht. Gerdur lächelt. Ich mag Gerdur.

»Erinnerst du dich daran, was passiert ist?«

Ich wünschte, ich würde mich nicht erinnern. Dann könnte ich jetzt Nein sagen und bräuchte nicht mehr daran zu denken. Aber dann fallen mir die Wale wieder ein. Wie schön sie waren. Und wie glücklich wir waren.

»Ich weiß noch …«

Ich bin ganz heiser. Erkenne meine Stimme fast nicht

mehr. Ich räuspere mich und versuche, sie wiederzufinden.

»Ich weiß noch«, fahre ich fort, »dass wir Wale beobachtet haben, und dann kam das Unwetter und dann war Opa verschwunden … im Meer.«

Gerdur sieht zu dem Tau, das auf dem kleinen Tisch liegt. »Erkennst du das wieder?«

Ich nicke.

»Du hast deinem Opa das Leben gerettet.«

Und wieder kommen neue Tränen. Jetzt kullern sie nicht nur aus meinen Augen, sondern wallen auch in mir drin auf. Kullern mir über die Wangen. Meine Lippen beben. Oma hält meine Füße unter der Bettdecke, Gerdur streichelt immer noch meine Hand.

»Ein Rettungshubschrauber hat euch gefunden. Du wolltest das Tau gar nicht loslassen. Sie haben versucht, deinen Griff zu lockern, aber sie hatten keine Chance. Du hast deinen Opa richtig doll festgehalten. Schließlich mussten sie das Tau durchschneiden, um euch mitnehmen zu können.«

Ich kneife die Augen zu, um die Tränen aufzuhalten, aber es nützt nichts. Es sind so viele. Aber jetzt macht es nichts mehr. Ich will nicht mehr stark sein. Ich will einfach ich sein und Gerdurs Stimme hören. Spüren, wie alles leichter wird. Wie eine Regenwolke, die nach dem Regen heller wird.

»Ich bin so froh, dass du bist, wer du bist«, sagt sie.

Ich sehe sie an und trockne die Tränen mit dem Verband an der Hand, die nicht an dem Schlauch hängt. Ich nicke. Ich will etwas sagen, aber weiß nicht was, also lehne ich mich nach vorn, und umarme sie. Sie sieht überrascht aus, aber sie lächelt.

Dann steht sie auf und streicht mir über die Wange.

»Ich komme später noch einmal bei dir vorbei.«

Sie nickt Oma zu und geht.

Dann sind nur noch Oma und ich hier. Wir sagen nichts, sehen uns nur an. Sie steht auf und setzt sich näher an mich. Sanft wuschelt sie mir durchs Haar.

»Soll ich Opa mal holen?«

»Ist er hier?«

Oma lacht.

»Ja. Auf einer anderen Station. Er hat mich gebeten, dir was mitzubringen.«

»Was denn?«

Sie lächelt verschmitzt.

»Ich finde, er sollte es dir selber geben.«

Oma verlässt das Zimmer und ich bin allein. Eigentlich mag ich Krankenhäuser nicht. Aber hier sind alle lieb. Vielleicht ist es besser, Patient zu sein als Besucher. Das ist auf jeden Fall einfacher. Ich weiß nämlich, wie es *mir* geht. Wenn ich jemanden im Krankenhaus besuche, muss ich danach fragen. Oder es erraten. Manchmal ist es gar nicht so leicht, nach bestimmten Dingen zu fragen.

Ein weiteres Mal klopft es an die Tür, und diesmal weiß ich, wer es ist. Oma tritt zuerst durch die Tür und öffnet sie ganz weit. Und dann kommt Opa. Im Bademantel und mit einem Verband um den Kopf. Um das eine Auge herum ist er ganz dunkelblau. Aber er strahlt aus allen Poren. Er trägt einen großen Pappkarton. Er bleibt stehen und sieht mich an. Dann stellt er den Karton behutsam auf den Boden und kommt zu mir.

»Mein Mädchen«, sagt er.

Seine Stimme klingt genauso verweint wie meine. In seinen Augen schwimmen auch die Tränen. Er umarmt mich. Eine echte Opaumarmung, die kratzt und nach Opa riecht. Genauso wie es sein soll. Wir weinen und lachen. Opa mit seiner tiefen Stimme und ich mit meiner. Ich habe ihn nie zuvor so richtig weinen sehen, aber es fühlt sich gut an, dass wir das tun. Denn eigentlich sind wir ja beide ziemlich fröhlich. Er versucht mehrmals, mich loszulassen, aber ich halte ihn fest. Bis mir die Arme wehtun. Dann lass ich ihn frei. Opas Gesicht ist rot und nass. Meines anscheinend auch, denn er muss lachen. Wir lachen gemeinsam und trocknen unsere Tränen.

»Ich bin dir so dankbar, mein Mädchen«, sagt er.

Oma steht am Fuß des Bettes. Ihr Gesicht ist auch

ganz nass. Man könnte denken, hier drinnen hätte es geregnet.

Opa steht von der Bettkante auf, geht zu Oma und nimmt sie in den Arm. Dann hebt er den Pappkarton hoch und stellt ihn vorsichtig auf meine Bettdecke. Jemand hat mit Filzstift *Obst* auf den Deckel geschrieben. Aber in dem Deckel sind lauter kleine Löcher. Luftlöcher. Da ist jemand in dem Karton, der Luft braucht.

»Habt ihr Mim mitgebracht?«, frage ich.

Opa lächelt.

»Mach mal auf und sieh nach.«

Er zwinkert mir zu. Vorsichtig hebe ich den Deckel an. Das ist gar nicht so einfach mit den Verbänden an den Händen, also kommt Opa mir zu Hilfe. Bevor wir den Karton ganz geöffnet haben, höre ich schon ein Miauen. Ich strahle und sehe auf zu Oma und Opa.

»Das *ist* Mim!«

Mim schaut, halb mit einem braunen Handtuch bedeckt, zu mir auf. Sieht aus, als würde sie sich da unten im Karton ganz wohlfühlen. Als ich meine Hand nach ihr ausstrecke, lässt sie sich nach hinten fallen und schließt die Augen. Sie fängt an zu schnurren, noch bevor meine Finger sie unterm Kinn kraulen. Opa schaut auch in den Karton hinein.

»Da ist noch mehr«, sagt er.

Ich weiß nicht, was er meint. Aber dann sehe ich es.

Da liegt ein kleines Katzenjunges. Ein winzig kleines, und es nascht Milch. Es hat genau dieselben Farben wie Mim.

»Ist das eins von Mims Jungen? Hat es überlebt?«

Oma und Opa strahlen.

»Ich habe es gefunden, gleich nachdem ihr mit dem Boot rausgefahren seid«, erzählt Oma. »Es hat unter der Treppe gelegen und gefiept.«

»Wie süß es ist! Ist es für mich?«

»Ja«, sagt Opa. »Wir haben mit deiner Mama gesprochen, und sie hat gesagt, dass es in Ordnung ist.«

»Hat sie wirklich?«

»Ja. Und sie kommt bald vorbei.«

»Mama kommt? Hierher?«

Oma und Opa nicken. Das Katzenjunge hat die Augen geschlossen, es kann mich nicht sehen. Aber ich kann es sehen, und ich werde auf es aufpassen.

Und wieder kullern die Tränen. Ich bin so glücklich. In meinem Bauch blubbert es ganz lustig. Eines von Mims Kätzchen hat überlebt. Und Mama kommt. Dann kann sie dem Kätzchen Hallo sagen und mit zu Oma und Opa kommen. Sie kann in meinem Zimmer schlafen. Neben mir.

»Können wir sie aus dem Karton herausheben?«

Oma und Opa setzen sich rechts und links von mir auf die Bettkante, den Karton zwischen sich.

»Das ist vielleicht nicht so schlau«, sagt Opa. »Man

darf eigentlich keine Tiere mit ins Krankenhaus bringen.«

Er zwinkert mir zu. Ein Opazwinkern.

»Hast du deswegen *Obst* auf den Deckel geschrieben, Opa?«

Opa sieht Oma an.

»Das hat Oma sich ausgedacht«, sagt er und lacht.

Omas Wangen werden ganz rot.

»Einige Dinge sind wichtiger als Regeln«, sagt sie.

So habe ich Oma noch nie gesehen. So entschieden. Mir gefällt, dass sie so ist. Sie war es sicher, die Mim beigebracht hat, so taff zu sein.

Ich grinse sie an und schaue dann zu Opa.

»Darfst du auch in ein paar Tagen nach Hause?«, frage ich.

»Jawoll. Ich bin wieder wohlauf. Ich muss es nur ruhig angehen lassen. Ich habe Medizin bekommen, die gut für mein Herz ist.«

Da ist noch diese eine Sache, die ich fragen will, auch wenn ich weiß, dass es ein bisschen blöd ist. Aber ich weiß auch, dass Opa meint, es gäbe keine blöden Fragen.

»Opa?«

Opa sieht mich an. Er versteht, dass ich ihn etwas Ernstes fragen will.

»Glaubst du, wir können Mama auf eine Walsafari mitnehmen? Ich will ihr so gern die Wale zeigen.«

Da passiert etwas mit Opas Gesicht. Er lächelt zwar, doch die Freude verschwindet aus seinen Augen.

»Amor ist weg«, sagt er. »Sie haben sie nicht finden können. Wir glauben, sie ist gesunken.«

Die Vorstellung, dass Opas Boot verschwunden ist, ist nur schwer zu glauben. Ich weiß nicht, was man sagt, wenn ein Boot gesunken ist. Sie war ja kein Mensch. Aber sie war auch nicht nur irgendein Boot. Sie war wie ein Freund. Für Opa.

»Das war dein Boot, Opa …«

»Ja …« Er atmet schwer.

»Aber dann liegt es am Meeresgrund«, sagt er.

»Vielleicht liegt es beim Schweinswal?«

Opa sieht mich an. Jetzt kehrt das Lächeln auch wieder in seine Augen zurück.

»Ich habe dich. Das ist alles, was ich brauche. Das Boot war alt … ein alter Freund. Aber man konnte sich nicht mehr auf ihn verlassen. Und dann musste kommen, was kommen muss.«

Er streckt seine Hand aus und fängt eine Träne von meiner Wange mit seinem Finger auf. Er hält sie ins Licht, als wäre sie eine Perle.

»Ich dachte schon, du könntest gar nicht mehr weinen«, sagt er.

»Doch klar, Opa … ich habe nur eine kleine Pause gemacht.«

Opa setzt die Träne zurück zu den anderen auf meiner Wange.

»Es tut gut zu weinen«, sagt er. »Tränen schaffen Ordnung.«

Da spüre ich eine neue Welle in mir aufkommen. Eine Welle trauriger Gedanken, die sich in mir aufbäumen. Gedanken, die rauswollen. Ich lehne mich an Opa und lasse die Tränen kommen. Ich muss sie nicht mehr zurückhalten. Ich weine um Papa. Er wird nie wieder zurückkommen. Ich weine um den Schweinswal und um die toten Katzenjungen. Und um Opas Boot. All das. Ein ganzes Jahr voller Gedanken. Alles kommt raus.

Langsam wird alles leichter. Mir ist ganz warm und ich bin erschöpft. Es tut gut, meinen Kopf an Opa zu lehnen. Zu spüren, wie er meinen Rücken streichelt.

Ich setze mich auf. Mein Gesicht ist ganz steif von all den Tränen. Oma und Opa sitzen ganz still da und sehen mich an. Ich schaue zu dem Beutel mit dem Schlauch, der in meinen Arm führt.

»Weißt du, was ich in den Arm bekomme, Opa?«

Opa schaut auch hinauf zu dem Beutel und schüttelt den Kopf.

»Medizin?«, fragt er.

Ich lächle.

»Das sind Tränen.«

Opa guckt neugierig.

»Tränen?«

»Ja. Das ist Salzwasser. Genau wie Tränen. Sicher, weil ich so viel weine.«

Opa bricht in schallendes Gelächter aus. Er schüttelt sich vor Lachen. Opaschütteln. Oma lacht auch. Ich denke an alles, was nicht traurig ist. Dass Opa lebt und Mama kommt. Und dass ich das süßeste Katzenkind der Welt habe. Plötzlich, zwischen all dem Lärm, hören wir ein schwaches Fiepen. Ich lege meinen Finger an die Lippen. Opa hört auf zu lachen. Ich zeige auf die Kiste. Das Fiepen kommt von dort. Opa lächelt. Vorsichtig greift er in den Karton und hebt das kleine Katzenjunge heraus. Er setzt es direkt vor mir auf die Bettdecke. Es hat immer noch die Augen zu. Es bleibt dort ganz still sitzen und fiept, bis ich es berühre. Da wird es ganz still. Als würde es mich schon kennen. Es ist so hübsch. Mims Kopf lugt über den Rand des Kartons. Sie beobachtet ganz genau, was wir mit ihrem Kätzchen anstellen. Es ist toll, dass sie eine gute Mama sein will. Das braucht das Kleine.

»Hast du einen Namen für dein Kätzchen?«, fragt Oma.

Ich denke nach. Ich hatte eigentlich beschlossen, sollte ich jemals eine Katze bekommen, sie Popcorn zu nennen. Aber jetzt ist mir ein viel besserer Name eingefallen.

»Es soll Amor heißen. So wie Opas Boot.«

Opa sieht mich an und räuspert sich.

»Mein Mädchen«, sagt er und lächelt.

»Ist es ein Junge oder ein Mädchen?«, frage ich.

»Ich glaube, es ist ein Junge«, sagt Oma.

»Das macht nichts. Ich mag Jungs. Also, Katzenjungs.«

»Dann taufen wir dich hiermit auf den Namen Amor«, sagt Opa und setzt das Kätzchen zurück in den Karton.

»Vielen, vielen Dank, Oma und Opa.«

Ich lehne mich zurück ins Kissen und sehe sie an. Ich bin froh und fühle mich ganz leicht. Bald kommt Mama. Darauf freue ich mich. Es fühlt sich an, als hätte ich sie ein ganzes Jahr nicht gesehen. Ich lächle vor mich hin und spüre, wie eine weitere Träne meine Wange hinunterkullert.

Ich schaffe es nicht, die Kontrolle über sie zu gewinnen. Jetzt, wo sie erst einmal die Erlaubnis bekommen haben, kommen sie, wann immer sie wollen. Aber das ist mir egal. Das ist ja nur Salzwasser. Genau wie das Meer.

MAMA

Tränen sind Gedanken, die wir nicht in Worte fassen können, hat Papa mal gesagt. Das stimmt. Aber Tränen sind auch ein Anfang. Denn wenn wir die Tränen erst einmal zulassen, werden sie zu Worten. Worte, die gesagt werden müssen.

Mein Papa ist nicht mehr da. Er wird niemals wiederkommen. Daran kann ich nichts ändern. Aber wenn ich mit jemandem darüber rede, wird es leichter. Dann tut es nicht so weh. Dann bin ich nicht damit allein.

Oma und Opa sitzen in den Sesseln an der Tür. Der Karton mit Mim und Amor steht zwischen ihnen. Sie unterhalten sich mit gedämpften Stimmen. Ich höre schon gar nicht mehr zu. Ich beobachte den Regen vor dem Fenster.

Dann weiß ich, was ich tun will. Ich will nur noch einmal nachsehen, um ganz sicher zu sein. Vorsichtig stehe ich auf und schiebe das Stativ mit dem Salzwasser ans Fenster. Es wird still im Zimmer. Oma und Opa sehen mich an.

Der Parkplatz ist leer. Keine Menschen, keine Autos, nichts. Nur Regen, der auf den Asphalt fällt.

Ich atme tief ein und schließe die Augen. Halte sie lange geschlossen. Als ich sie wieder öffne, biegt ein gelbes Auto auf dem Parkplatz ein. Es hält mitten auf dem Parkplatz, quer über den Parkstreifen. Das ist Mamas Auto.

Die Tür geht auf und Mama steigt aus. Meine Mama. Sie läuft durch den Regen, über den Parkplatz Richtung Eingang. Doch dann bleibt sie stehen, kehrt um und läuft noch einmal zurück. Vom Rücksitz holt sie Teddy. Mama hat mir Teddy mitgebracht. Meine liebe Mama. Ich klopfe ans Fenster. Mama schaut hinauf. Als sie mich sieht, lässt sie Teddy fallen und schlägt die Hände vor dem Mund zusammen. Es sieht aus, als würde sie gleich anfangen zu weinen. Ich winke ihr zu und lächle. Da lächelt sie auch und winkt zurück. Sie hebt Teddy auf und hält ihn hoch in die Luft. Teddy ist ganz nass, aber das macht nichts, denn Mama sieht glücklich aus. Sie fängt wieder an zu laufen, über den Parkplatz, zum Eingang. Zu mir.

Endlich ist Mama hier. Jetzt können wir noch einmal von vorne anfangen. Ganz am Anfang. Uns erzählen, was die Tränen sagen wollen. Was wir bisher nicht geschafft haben, in Worte zu fassen.

Die deutsche Ausgabe wurde finanziell gefördert durch NORLA.

NORLA
NORWEGIAN LITERATURE ABROAD

Espen Dekko:
Sommer ist trotzdem
978 3 522 18531 8

Aus dem Norwegischen von Karoline Hippe
Umschlaggestaltung und -typografie: Felicitas Horstschäfer
Innentypographie: FSM Premedia GmbH & Co. KG, Münster
Schrift: Adobe Devanagari
Satz: FSM Premedia GmbH & Co. KG, Münster
Reproduktion: DIGIZWO Kessler + Kienzle GbR, Stuttgart
Druck und Bindung: GGP Media GmbH, Pößneck

FSC www.fsc.org
MIX
Papier aus verantwortungsvollen Quellen
FSC® C014496